诺贝尔文学奖作品精选 插图版
Nobel laureates in Literature

普初加里的皇帝

〔瑞典〕塞尔玛·拉格洛芙／著
王亚文／编译

海豚出版社
DOLPHIN BOOKS
CICG 中国国际传播集团

图书在版编目（CIP）数据

普初加里的皇帝 /（瑞典）塞尔玛·拉格洛芙著；王亚文编译．-- 北京：海豚出版社，2025．6．--（诺贝尔文学奖作品精选）．-- ISBN 978-7-5110-7303-7

Ⅰ．I532.84

中国国家版本馆 CIP 数据核字第 20259G594E 号

普初加里的皇帝

（瑞典）塞尔玛·拉格洛芙 **著** 王亚文 **编译**

出 版 人 王 磊
责任编辑 熊 隽
文字编辑 台文娟
特约编辑 许秋玲
封面设计 宋双成 祝 静
责任印制 蔡 丽
法律顾问 北京市君泽君律师事务所 马慧娟 刘爱珍
出　　版 海豚出版社
地　　址 北京市西城区百万庄大街24号
邮　　编 100037
电　　话 010-68325006（销售） 010-68996147（总编室）
印　　刷 天津泰宇印务有限公司
经　　销 全国新华书店及各大网络书店
开　　本 710 mm×1000 mm 1/16
印　　张 11
字　　数 125千
版　　次 2025年6月第1版 2025年6月第1次印刷
标准书号 ISBN 978-7-5110-7303-7
定　　价 39.80元

开篇语

《普初加里的皇帝》讲述了一个深爱女儿的佃户扬·安德逊细心呵护女儿长大，女儿却直到父亲去世后才懂得父爱如山的悲情故事。

作者塞尔玛·拉格洛芙是瑞典著名女作家，瑞典文学院第一位女院士。拉格洛芙的一生非常励志。她出生后没多久，左脚就残疾了，根本无法行走。在别人蹒跚学步的时候，她能做的只有听家人为她读书。她的父亲热爱读书，这种爱好对她产生了潜移默化的影响，拉格洛芙也喜欢上了阅读。书籍就像是一剂良药，不但给她的身心带来安慰，而且塑造了她坚韧积极的性格。有了阅读的积累，她渐渐萌生了一个愿望，就是长大以后，一定要创作出属于自己的作品。

品学兼优的塞尔玛·拉格洛芙长大后成了一名教师，并在工作期间创作出了《尼尔斯骑鹅旅行记》这部优秀的作品。拉格洛芙于1909年荣获诺贝尔文学奖，她后期创作的《普初加里的皇帝》也是同样优秀的作品。

本书的主人公扬·安德逊是个性格和善、没有什么远大志向的普通人。他一开始有些懒惰，生活得过且过，但是，女儿的出生改变了他。

有了女儿后，不善表达的扬肩负起了父亲的责任，给予女儿克拉拉温柔细致的爱。因为担心女儿可能会在受洗时着凉哭泣，他不顾规矩冲进牧师家，亲眼看着克拉拉才放心。为了让女儿不怕接种牛痘，他甚至要求医生先给他接种。在和女儿克拉拉相处的日子里，扬觉得自己是全世界最幸福的人！

长大后的克拉拉离家闯荡，最终成功地赚到了很多钱，却只在最初两周给家里来过一封信，此后十五年，音信全无。在克拉拉生死未卜的十五年，扬经历了五千多个日夜的等待，最终选择沉浸在自己幻想的普初加里王国里。他至死也不知道克拉拉为什么再一次离开了他，却至死都是那个不惜一切去救女儿的普初加里的皇帝。

《普初加里的皇帝》是一部极具感染力的作品，书中的故事不但简单易懂，而且将父爱刻画得淋漓尽致，使读者仿佛亲眼所见，甚至产生共鸣。故事情节既引人会心一笑，又让人热泪盈眶，读过之后久久难以忘怀。本书以扬与女儿之间的情感为线索，通过展现人物思想和行为的变化来推动整个故事情节的发展。

全书的前半部分以喜悦之情为基调，后半部分则转为悲伤，这种转换源于扬与克拉拉对爱的理解发生了偏差。从父亲的视角来看，爱是给女儿平安快乐的生活；而从女儿的视角来看，爱是给父母最富足的生活。不善表达的父亲和胸怀大志的女儿，他们之间虽然缺少沟通，却从未缺少对彼此的爱。

女儿克拉拉对扬的爱是书中隐藏的一条情感线索。通读全书，你会发现，作者对克拉拉着笔最多的是她的人物性格，描绘了她美丽善良、聪明勇敢的一面，但对她与父亲的情感却表现得很少。小时候的克拉拉对父亲是敬爱的，她将父亲看作是上帝一般的存在；离家时，她对父亲满含不舍，她知道父亲对自己的爱；再次回家时，她对发疯的父亲充满嫌恶；父亲落水后，她对父亲充满恐惧；了解了父亲发疯的原因后，她又对父亲充满愧疚。这样的情感转变也让克拉拉的人物形象变得更加丰满。

父亲扬一开始对即将出世的孩子满腹牢骚，他认为孩子会增加家庭的负担，可当他真正见到刚出生的女儿时，出于父亲的本能，他的心中慢慢长出了一棵名为“父爱”的大树，此后，扬对女儿疼爱有加。得知女儿要离开他时，扬的内心充满了难过和不舍，但他还是选择了放手；女儿在外打工时，扬对女儿的归来充满期待；女儿失踪后，扬对女儿的思念和爱变得逐渐偏执和疯狂。为了逃避痛苦、贫穷，扬幻想出了一个有着尊贵地位且每天忙于政事的女儿，将自己幻想成了有追随者且仁慈的皇帝。但无论怎样，扬对女儿的爱贯穿始终。

通过拉格洛芙对人物心理活动的细腻描写，我们在书中看到了一个在现实中苦苦挣扎的父亲，他没有将失去女儿的痛苦宣之于口，反而是以发疯的形式将父爱具象化。这本书中诉说的情感真实且深刻，值得任何年龄段的人细细品读。

目录 Contents

第一章 / 最珍贵的礼物

1

扬和妻子卡特丽娜生活在一个贫穷的村庄里。村子里遍布着渔夫们搭建的简易木制房屋，因为风吹日晒，很多房子的木料已经腐朽断裂，但村民都没有钱修缮房子，因此，这个村庄里的房子看起来都破败不堪。

扬和妻子在村子里有两间木房屋，虽然这两间房屋已经破旧，但是还可以遮风挡雨。建房的土地以及这两间房屋原来归农场雇主艾里克所有，他是个好心人。因为扬经常帮艾里克干活儿，所以艾里克便让他们夫妻免费住在了那里。

扬平日里就靠帮农场干活儿维持生计，卡特丽娜的纺纱手艺精湛，她织的纱既柔软又好看，经常有很多妇女上门来找她纺纱。扬和卡特丽娜就这样平淡地生活着。直到有一天，他们两个人的生活里多了一个小生命。

对于扬来说，他女儿出生的那天是一个与众不同的日子。

一大清早，接生婆和前来帮忙的女人们就挤进了他的家，吵吵嚷嚷，大呼小叫。烧开的热水一盆接一盆地送进房间里。扬能听见妻子断断续续的呻吟声，他也想进去帮忙，可是凶巴巴的接生婆将他轰了出来，他只好坐在柴房的台阶上，注视着外面的瓢泼大雨。柴房的屋顶是破的，雨水漏进来将他浇得浑身湿透。又冷又饿的扬呆呆地坐在那里，他不明白，自己为什么要承受这一切。

“孩子，孩子！”他气愤地想，“我们就非得对孩子满怀期待吗？我可一点儿都不想要什么孩子！想想吧，我好不容易才和卡特丽娜结婚，顺利地离开了艾里克家，结束了做苦力帮工的日子，才刚刚舒服了几天呀？现在，哭哭啼啼的小孩子又要找上我们了！一想到这一点，我的头就痛得要炸开了！”

他长叹了一口气，使劲抓了几下头发。

“以后还能有一觉睡到大天亮的机会吗？不，我想根本不可能有了。那孩子会从早哭到晚，折磨我也折磨卡特丽娜。以后，我就要每天头昏脑涨地去干活儿了。真是的，苦日子还在后头呢！更苦的就是卡特丽娜了，啊，卡特丽娜！”

扬噌地站了起来，在破柴房里踱来踱去。

“以前，卡特丽娜也能出去工作，我们俩的薪水加在一起，可以保证我们过上滋润的小日子。可是现在呢？多了一张吃饭的嘴，卡特丽娜还不得不天天留在家里照顾孩子！凭我一个人的薪水要养活三个人，唉！唉！”

扬愣愣地站在原地，他已经看到了自己的未来，他将会像一头驴子一样日复一日地工作，却永远无法修起一栋遮风挡雨的小屋子，无法让自己的妻儿吃饱穿暖，他将永远忍受贫穷的煎熬，一直到他生命的最后一天。

“早知道是这样。”扬喃喃地说，“早知道是这样，我就不会选择结婚生子了，我就会本本分分地在艾里克家帮工干活儿，打一辈子光棍儿！”

看着家的方向，扬甚至萌生了一个恶毒的念头。

“如果这个孩子没能生下来，如果……”

然而，就在这个时候，一个帮忙接生的女人冲出了屋子，站在台阶上冲他拼命挥手。

“快进来！孩子出生了！”

“哦，孩子出生了。”扬轻轻地叹了口气，刚才的念头在一瞬间烟消云散了，他拖着沉重的步子往房间走去，“这个孩子起码带来了一件好事，我不必再留在那个破柴房里淋雨受冻了。”

当扬走进房间里的时候，他诧异地发现，女人们依然在神色匆匆地各忙各的事，没有人注意到他的存在。

“喂，就算我是个没用的父亲，好歹也告诉我一声，新生的孩子是男是女吧！”扬气恼地叫道，“怎么，在你们眼中，我就是一文不值的吗？”

这样的念头已经不是第一次出现在他脑海中了，扬不明白自己人生的价值，他走到哪里都是个多余的人，永远被人厌烦，被人遗忘。然而，他究竟做错了什么呢？没有人能够回答他这个问题，人们只会说，接受吧，人生就是这么一回事儿！

接受吧。扬又叹了一口气，不愿意再和那些女人白费口舌了，他决定自己进屋去瞧瞧他的妻子和那刚出生的孩子。他本来就应该这么做，这是他的家呀！

他下定决心，可刚走了没两步，里屋的门却打开了——法拉农场的女主人微笑着站在门口，向扬招了招手。

“请过来吧，扬。卡特丽娜已经醒了，她很希望你能进去看看孩子呢。”

扬愣在了原地。几分钟前他还在怨天尤人，可是现在，他又觉得手足无措起来。

“是，是吗？既然卡特丽娜想让我进去看看，那么，那么我就……”

他一边结结巴巴地说着，一边往里屋走去。女主人微笑着让开门，请扬走进房间里。

房间里已经被打扫得干干净净了，扬的妻子卡特丽娜躺在床上，脸色苍白，向他露出了一个淡淡的微笑，接生婆将包裹着婴儿的襁褓抱到他跟前来，在场所有的女人都用鼓励的眼神看着他。扬局促不安地看着她们，简直不知道该做什么了。

“快说点儿什么吧，扬！”一个邻居家的女人叫道，“你现在可是一位父亲了！”

“卡特丽娜可受了不少苦呢，难道你不应该吻一吻她吗？”又有人说。

“看看这个可爱的小宝贝儿！我简直太羡慕你了，扬！”

可是，扬依然愣在原地，他尝试着冲她们笑一笑，却只是僵硬地动了动嘴角。

“其他的事情都不着急，先看看孩子吧！”接生婆将婴儿襁褓塞进了扬的怀里，“看看你的女儿吧！从现在开始，你就是她的父亲了！”

扬僵硬地抱紧了这个小小的襁褓，他呆愣愣地和襁褓里那张皱巴巴的、红扑扑的小脸对视着，他只觉得自己的心脏越跳越快，巨大的喜悦感淹没了他，他的手臂微微颤抖着，目光根本无法从孩子的脸上挪开。

“她就是我的女儿吗？我，我真不知道该说什么好！”

“你抱孩子的姿势太别扭了，这样会把她弄疼的，还是让我来抱着她吧。”

“不，不，让我来，请告诉我该怎么做——我舍不得放下她，一分一秒都不行！”

在场的女人们都笑了起来，其中一个人对床上的卡特丽娜笑着说：“你瞧！他是真的非常喜欢这孩子呢！”

帮忙接生的女人们走后，屋子里又恢复了安静。扬想把女儿出生的消息第一时间告诉全村人，但是天色已晚，女儿嗷嗷待哺，妻子需要休息，扬只好将女儿放到了妻子的怀中，女儿喝饱乳汁后，在妻子的怀里沉沉地睡去了。扬心里想着，没关系，接生的女人们也许已经将这个消息传遍了村里的每一户人家。

看着熟睡的女儿，扬觉得，自己收到了世界上最珍贵的礼物。扬因为女儿的到来兴奋了一个晚上，整晚他都在思考着以后要如何照顾女儿，如何与女儿相处。虽然思考这些问题并没有多少实际作用，但

扬会努力让女儿有一位好父亲。

没错，就在那一天，扬终于找到了人生的方向。结婚生子实在是一件幸福的事情，他以往根本没想到，成为父亲竟然能够使他这么快乐！

2

第二天清晨，扬抱着包着女儿的小小襁褓，再次坐在了家门口的台阶上。此时，他的心情已经截然不同了。他反复亲吻着女儿那柔嫩的小脸，多么可爱啊！就算让他在这儿坐上整整一天，他也不会厌烦的，因为他身边有个独一无二的小天使呢！

对于扬来说，这简直是从未有过的经历，以往那些哀愁和不顺心全都烟消云散了，只要能看到女儿的笑容，贫穷与饥寒根本算不上什么！他从来都不知道，他会如此深爱着一个人。

扬怀抱着他最爱的小天使，眺望着远方的大路，他正在等待一个人。

自女儿出生以来，扬和卡特丽娜一直在冥思苦想，要给孩子取一个最可爱的名字。然而，他们翻遍了能找到的每一本书，推敲了能想到的每一个字，仍然没有找到喜欢的名字。最后，卡特丽娜想到了一个好主意。

"这样吧！"她说，"你抱着孩子去门口等一等，当你见到第一位路过这里的夫人时，就询问她的名字。我相信，这个名字肯定是上帝的安排，我们就给女儿取跟她一样的名字。”

“没错，就这么办！”扬对卡特丽娜的提议表示赞同。

就这样，他抱着小女儿走出了家门。然而，他们家附近实在是太荒凉了，扬等了很久很久，都没有人从他家门口路过。太阳将扬晒得昏昏沉沉的，他有些无精打采。

“这可怎么办呢，我亲爱的小宝贝？”扬抱紧了女儿，轻声念叨，“如果我们今天等不到一位经过这里的夫人，爸爸妈妈都没法儿给你取个好听的名字了。唉！说真的，哪里会有夫人经过我们这片荒郊野岭呢？”

扬探出头向着大路的方向瞧了瞧。他不愿意离开，因为取名这件事可是关乎女儿的一生呢。说不定再过几分钟，就会有一位美丽的夫人乘坐着马车，路过扬的家门口，慷慨地将她的名字分享给这个新出生的小姑娘……

再耐心一点点，扬！他对自己这么说。

小女儿打了个哈欠，蜷缩在扬的怀抱里睡着了。她还太小，不明白取名这件事多么重要。扬抱着她在门口踱来踱去，卡特丽娜不停地在屋里喊着扬的名字：

“有没有夫人经过呀，扬？”

“扬，外面那么热，你进来歇歇吧！”

“要是有邻居撞见你抱着女儿傻等的这副模样，肯定会笑你的！”

扬没有理会他的妻子，熟睡的女儿在他怀里微微动了动，他连忙抱着孩子往门口又走了几步。真是的，她的说话声都打扰到孩子睡觉了。

他抬起头来，眺望着沐浴在夕阳下的山峰。或许再等那么一小会儿，就能等来一位高门大户的太太？说不准，她一看到他臂弯里的小女儿，就会喜欢上她呢！

“让我再等一会儿吧，卡特丽娜。”他对房中的妻子说道，“外面一点儿都不热，而且我有预感，我会等来一位夫人的。”

说不定，他还能等来一位王后呢。扬想着，就算是王后的名字，他那可爱的小女儿也是完全配得上的。

然而，扬一直等到太阳西落，也没有等到一位经过此地的夫人。卡特丽娜已经做好了饭，再次呼唤着扬。

“快进来吧！”她说，“你再等下去也是无用功！天快黑了，没有人会路过这里了，我们还是等明天再给女儿取名字吧。”

“不，我看见有人过来了。”扬说，他紧盯着西边的天空，天幕上铺着一层淡淡的金光，晚霞绚烂，夕阳缓缓西沉。没错，扬所说的路人就是那天边的夕阳！扬将怀里的小女儿举高了一些，向着夕阳说道：“你瞧！我的女儿是不是很可爱？”夕阳温柔地照耀着扬臂弯中的小姑娘，扬点了点头，兴冲冲地说：“既然你也喜欢我的女儿，那就请你做她的教母，为她取名吧！”

扬目视着夕阳的最后一缕光辉消失在地平线上，天色彻底暗下来了，他抱紧了女儿，心满意足地走回屋里。

“你刚才在外面咕咕哝哝地说什么呢？”卡特丽娜问道，“难道，晚上还有路人经过吗？”

“没错，我亲爱的卡特丽娜。”扬笑了起来，“而且那是一位美丽典雅的夫人呢！她还有事要忙，因此我们没说上几句话。”

“那么，你有没有问她的名字？”卡特丽娜急切地说，“她愿不愿意用她的名字为我们的女儿取名？”

“当然了，谁会不喜欢我们的小女儿呢？你听好，她的名字就是——克拉拉·古兰·格伦堡！”

“这个名字，这个名字简直太动人了！”卡特丽娜惊讶地说，“金色日光下的城堡，是吗？我太喜欢这个名字了！”

若换作以前的扬，他一定不会想出这样的主意——请路过的夕阳给女儿取名字！可是现在，他已经完全变了，他可以为他心爱的小女儿做任何事情，他成了一名真正的父亲。

3

之前总是很莽撞的扬，现在照顾起女儿来却无微不至。他给克拉拉喝水时会将热水先凉一凉，给克拉拉洗脸时动作格外轻柔，生怕用力过重会把女儿的小脸擦破皮。扬的这些变化，卡特丽娜都看在眼里。

然而，扬还是会做蠢事。在克拉拉接受洗礼的那天，他所做的蠢事就让卡特丽娜整整唠叨了一天，就连艾里克夫妇也对他非常不满意。

艾里克夫妇——作为克拉拉的新任教父教母——带着孩子去接受洗礼。扬将怀里的克拉拉小心翼翼地交给了艾里克太太，眼巴巴地看着艾里克太太坐进了马车，艾里克驾着马车渐渐远去。

不会出什么事情吧？扬的心怦怦乱跳。那条坑坑洼洼的路实在是不好走，瞧瞧那马车，吱吱呀呀一摇三晃。虽然说艾里克的驾车水平很不错，但是，万一发生了意外可怎么办？

扬慢慢地往回走，继续自己日常的工作，可是他还是忍不住胡思乱想。艾里克太太会照顾孩子吗？克拉拉会不会着凉？会不会哭个没完没了？牧师可不会哄孩子啊！

其实，扬的这些担忧完全没有必要，艾里克太太是七个孩子的母亲了，她完全懂得应该如何照顾克拉拉。然而，胡思乱想的扬快把自己折磨疯了，他当即决定要抄近路赶去牧师家，亲自瞧一瞧自己的女儿！

当气喘吁吁的扬赶到牧师家门口的时候，迎面碰上了从马车里下来的艾里克。

“你怎么在这里？”艾里克很诧异，也很不满。因为按照传统，亲生父母不应当参加孩子的受洗仪式。扬不知道该说什么，他眼巴巴地看着艾里克太太怀中的克拉拉。艾里克夫妇都没有给他好脸色，径直抱着孩子走进牧师家里。

不管怎么说，克拉拉没事！扬安慰自己，跑这一趟不就是为了确认她的情况吗？现在是回家的时候了。但是扬依然在牧师家的窗户底下转来转去，他始终放心不下：万一在受洗仪式中出了什么意外呢？还是进去瞧瞧吧！

扬攥了攥拳头，走进了牧师家，他不在乎冲他怒目而视的艾里克夫妇，只顾紧盯着接受洗礼的克拉拉。无论如何，他要确保女儿的安全！

时间一分一秒地过去，洗礼仪式渐渐接近尾声，没有发生任何意外情况，除了不该在场的扬。扬松了一口气，悄悄地退出了房间，等在门口。又过了一会儿，仪式正式结束，抱着孩子的艾里克夫妇一边交谈一边从房间里走了出来，艾里克整理好了太太的披肩，他们就要动身回去了。

然而，意外就在这一刻发生了——就在艾里克太太即将迈步的时候，两只嬉闹的猫从房间里跑了出来，正巧撞在艾里克太太的小腿上。她保持不住平衡，一下子向前摔去，艾里克想要伸手拉她，却拉了个空。糟了！孩子要被摔出去了！

就在这时，旁边冲上来一个人，稳稳地扶住了艾里克太太——那就是一直守在他们身边的扬！艾里克太太抱紧婴儿松了一口气，拉着扬连连道谢，但扬只是笑了笑。他一直留在这里，就是因为担心女儿会遭遇不测，既然危机已经解除，他就可以放心离开了。

后来，艾里克夫妇还专门请扬喝了咖啡和下午茶，逢人就夸奖扬是个称职的好父亲，再也没人提起他做的那些蠢事了。

虽然妻子还是对这件事有些不满，但扬并不认为自己是在做蠢事，他并没有干涉女儿的洗礼，他只是在一旁保护女儿。如果爱女儿也要被人指摘的话，那会伤了多少好父亲的心啊！

4

这年夏天，克拉拉要按例接种牛痘，扬夫妇是一起送她去的。接种疫苗那天，扬结束了下午的农活儿便赶回了家，他担心克拉拉接种疫苗时会害怕，于是提议和妻子一起去。卡特丽娜感到很高兴，她才不愿意孤零零地抱着女儿走夜路呢。

由于艾里克家足够宽敞，还有可以取暖的壁炉，附近的新生婴儿都在艾里克家接种牛痘，教区执事会来艾里克家里向家长传授知识，为孩子接种疫苗。母亲们抱着各自的孩子聚在房间里，艾里克太太只点了一根蜡烛，房间里有些昏暗，母亲们不得不抱着孩子向壁炉旁挪。她们温柔地揽着自己的孩子，解开裹着孩子的披肩，脱下孩子的小衣裳，一边小声哄劝着孩子，一边请教区执事给孩子种牛痘。

小孩子眨巴着又大又亮的眼睛，打量着周围陌生的小朋友和阿姨们。对于他们来说，这一切都是新鲜的经历，一个个都顾不上哭了。年轻的母亲们则围在教区执事身边，专心致志地听他讲话。

“又是一年了，我们身边又来了这么多可爱的小天使！现在，就让我开始一个一个给你们种牛痘吧，你们都是非常乖巧听话的孩子，是吗？”

这位年迈的教区执事已经在当地居住了很多年，他年轻的时候是一名老师，闲暇时给孩子们种牛痘，手把手地带着当地的女孩子们读书认字。后来，这些女孩子都结婚生子了，他又来给这些新生的孩子们种牛痘。

年轻的母亲们时不时地同教区执事轻声交谈着，她们抱着孩子陆续走上前来，尽可能迎着灯光。等年迈的教区执事仔细看清楚了，才小心地给孩子们种牛痘。他对于这项工作相当熟悉，手法又快又准，孩子们往往还没来得及哭，接种就已经结束了。在这些孩子里，只有克拉拉是另类的那一个——扬和卡特丽娜可一点儿都没想到。

房间里回荡着克拉拉声嘶力竭的哭泣声，她不断地挣扎着，踢蹬着双腿，试图从母亲的怀抱里挣脱出去，对于接种牛痘这件事，她表现出了史无前例的抗拒。卡特丽娜不断地哄劝着她，累得满头是汗，教区执事也使出了浑身解数，然而那些能把普通孩子逗乐的把戏根本无法取悦克拉拉，她依然又哭又叫。所有的年轻母亲都围了过来，但是她们没法儿哄好这个孩子。卡特丽娜急了，开始呵斥克拉拉。

“你怎么就这么不听话呢？！”卡特丽娜叫道。

“别这样。”扬说，他从妻子手中接过了女儿，“让我告诉你应该怎么做。”

“哦？原来你比我更知道该怎么照顾孩子？！”卡特丽娜气恼地说。在她看来，扬只是一个靠卖力气为生的莽汉，怎么会懂得养育孩子呢？

扬脱掉了身上的外套，他一边抱着女儿，一边走到了教区执事面前，伸出了自己赤裸的手臂。

“麻烦你给我种牛痘吧，先生！”扬说，“我希望让克拉拉看到，这件事一点儿都不可怕。”

教区执事同意了。果然，在老先生给扬种牛痘的过程中，克拉拉一点一点地慢慢安静了下来，她皱着眉，小脸上满是泪水，一会儿看看正在种牛痘的教区执事，一会儿看看始终微笑着的父亲，好像慢慢明白了什么。扬将自己手臂上的痘印给她看，她眨了眨眼睛，终于不再哭了。

“请您再给克拉拉种一次牛痘吧。”扬恳求道，“请相信，她是个懂事的孩子！”

果然，教区执事再次为她种牛痘时，克拉拉自始至终都没有哭。她乖乖地伸着小胳膊，仿佛在一瞬间换了一个人。

为克拉拉种牛痘的工作结束了，教区执事看着卡特丽娜抱走了女儿，这才叹了口气，对扬说道：“其实，刚才完全没必要真的给你种牛痘。对小孩子哄哄就行了，他们完全会相信……”

“不，克拉拉可不会轻易相信的。”扬笑了起来，“必须实实在在的才行。这孩子的聪明程度完全超出了您的想象！”

通过数月与女儿的相处，扬确实比妻子更了解自己的女儿。

最近克拉拉两个玻璃球似的小眼珠总是转来转去，她已经在学习周围人的表情和动作了，有时她会挥手和别人打招呼，有时她也会嘟着嘴唇喷口水，自己探索身体的奥秘。在接种疫苗这件事上，扬相信，只要有了自己的示范，以女儿现在的聪明才智，就一定能够学会如何面对。

小时候的扬并不是没有接种过牛痘，只不过记忆久远，脑海中已经没有了幼时种牛痘的记忆。接种牛痘到底痛不痛，扬已经不记得了。

这次接种，倒是让扬有了新的收获，他觉得能体会到女儿的感受，也是一种幸福。

对于扬来说，为女儿再接种一次疫苗是很值得的，女儿因此学会了勇敢，这是多么值得庆贺的事情。年幼的克拉拉会对陌生的事物感到害怕那是必然的，但是作为克拉拉的父亲，扬觉得自己有义务教会女儿勇敢面对，当以后扬无法陪在女儿身边时，这些勇气可以让克拉拉好好生活。当然，现在克拉拉还小，扬希望那一天永远不会到来。

卡特丽娜与扬一起生活了很多年，她觉得扬从未对任何一件事上心过，在农场干活儿也不过是为了一日温饱。克拉拉出生以前，扬可从来没表现过对小孩的喜爱，她甚至想象到了以后自己一个人照顾女儿的情景。克拉拉出生后，这个男人的转变不止一星半点，他是什么时候懂得养育孩子的呢？

最近，扬的性格也温和了很多，和妻子相处起来也很融洽，尤其是当卡特丽娜提到克拉拉的事情，扬总会第一时间就跑到卡特丽娜面前。当卡特丽娜带女儿感到疲累时，扬也会给妻子端上一杯热牛奶，并主动接过她怀中的克拉拉。克拉拉就是扬和卡特丽娜之间的情感纽带，这个家里可不能少了克拉拉。

卡特丽娜偶尔会想：克拉拉在成长，扬在变得成熟，这是多好的事啊！

第二章 克拉拉的成长

1

回想起过去的那些日子，扬觉得简直不可思议。自己曾经只知道像一头驴子一样绕着磨盘转圈，没日没夜地为主家工作，没有一点儿思考能力，不知道挂念家里的亲人，时间过得快一点儿还是慢一点儿都毫无感觉——说真的，这怎么能算是一个人？

有了女儿以后，扬才觉得自己是真正在生活的人，一切努力都有了意义。扬干活儿更加卖力了，他知道自己现在是家里唯一的劳动力，女儿和妻子都需要靠他劳作而获得安稳的生活，他觉得被需要的感觉真好。扬知道女儿和妻子正在家里等待自己，而他干完活儿回家就可以见到女儿，他不想错过女儿成长的一点一滴。每每想到这里，扬也会觉得有点儿沮丧：我们真的要每天都不停地工作、牺牲陪伴孩子的时间吗？

扬叹了一口气。今天是克拉拉一岁的生日，他虽然还在忙着给艾里克挖沟，但是心早已飞回了女儿身边。小克拉拉睡得很早，平时扬会在天黑时回家，只能看见女儿熟睡的模样。今天可绝对不行，今天是克拉拉的生日呢！一想到这儿，扬干活儿的速度简直像飞起来一样，他满心盼望着能够在傍晚前结束工作，早点儿回家陪女儿庆祝生日，他一秒钟也等不及了！

手头的工作告一段落，扬一回头，发现同伴柏尔叶已经被他远远地甩在了后面。这可是一桩稀罕事。柏尔叶膀大腰圆，力气十足，平常他干活儿的速度比扬快多了，今天到底是怎么回事？扬感到很诧异，他向着柏尔叶走去。

等扬走到柏尔叶身边，看清眼前的情况时，他吓了一跳——原来，柏尔叶不小心踩到了泥土里的碎玻璃，他的脚被割出了一条又长又深的口子，鲜血正在不断涌出来。柏尔叶尽力支撑着，将全身重量都放在那只没受伤的脚上，还在咬牙坚持工作。

“这样不行，柏尔叶！”扬说，“快停下吧，去看看大夫！”

“不用，放心吧，一会儿就不流血了，扬。”柏尔叶叹着气说，他一边强忍着疼痛，一边用铲子铲起了一块挂着泥土的草皮，“我得把这些活儿都干完才行。你知道我家里的情况，有七个吃不饱的小孩子正在眼巴巴地等着我呢。要是我没干完活儿，就不能从艾里克那里领到黑麦，我的孩子们该多失望啊。”

扬叹了口气。他看了看远方，太阳正在慢慢落山。如果再不回家，他就要错过克拉拉的生日了。

“回去吧，扬。”柏尔叶勉强地向他挤出一个笑容，“我会尽快干完剩下的活儿的。”

“你真的能行吗？”

“真的能行，放心吧！”

扬往回走了几步，又犹豫了起来——他知道，柏尔叶的状况实在是很糟，在这样的情况下，他怎么能一走了之呢？尽管他无论如何都不愿意错过克拉拉的生日，可是想起柏尔叶家里那七个嗷嗷待哺的小孩子，扬又心软了。不行，他实在不忍心丢下受伤的柏尔叶在这里干活儿，自己一个人回去陪女儿！

想到这里，扬转身走回了柏尔叶身旁，闷头干起了活儿。柏尔叶感激地看了看他，也抓紧时间继续干活儿。等到月亮爬上树梢的时候，艾里克交代下来的任务总算基本完成了。扬看了看天色，默默地叹了一口气。他没能陪女儿度过她的一岁生日，不知道克拉拉会不会责怪爸爸呢？

“太感谢你了，扬！”柏尔叶握住了扬的手，连连道谢。

“这不算什么，我们本来就应该互相扶持。”扬拍了拍他的肩膀，“别说这么多了，快领了黑麦回家吧，孩子们都要等急了。”

“说真的，扬，我真的要好好回报你才行！”柏尔叶急切地说。

扬始终面带微笑地说：“你太客气了，我帮你是因为你受伤了，可不是为了让你回报我。”

柏尔叶很疑惑，没有人在工作了一天后还能如此轻松地微笑，他再次询问扬：“你帮了我大忙，你真的不需要任何回报吗？你以前可从来不这样。”

“没关系，真的没关系。”扬大笑了起来，“无论做什么事，我今天都会非常高兴的——因为今天是我女儿的生日呀，是克拉拉的生日！”

“噢，我的天！”柏尔叶叫道，“我真没想到！”

你没想到的事情还多着呢！扬在心里回答道。他笑着向柏尔叶挥了挥手，转身朝家的方向走去。实际上，今天不仅仅是克拉拉的生日，对于扬来说，今天还是一个更特殊的日子——就是在一年前的这一天，扬的命运被彻底改变了，女儿的诞生使他变成了另外一个人，这绝对意义非凡！

2

圣诞节时，扬照例要和一家人去教堂祷告，这一次，一岁零四个月的克拉拉也得到了和父母同行的机会——虽然卡特丽娜并不赞成。

“如果孩子在教堂里哭闹起来，这可是很失礼的事呢！”她说。

“克拉拉绝不会打扰别人的。”扬信心满满地说，“她是个非常懂事的孩子。”

在扬的坚持下，卡特丽娜只好带上克拉拉同行。天刚蒙蒙亮，他们就动身上路了，这可是一段不短的路程呢。一家人需要先后经过陡路、田野和一片森林，再沿着大路走向教堂。幸运的是，这一天相当暖和。

不少邻居和他们同路，他们都有着相同的目标——去教堂参加礼拜。他们是一群虔诚的教徒，尽管走在漆黑寂静的小路上，却都怀着一颗滚烫而充满期冀的心。

森林里的路实在是太崎岖了，他们要提防裸露的树根，走过凹凸不平的石头路，森林里的光线十分昏暗，扬不得不时刻注意着妻子，生怕她不小心跌倒。

实际上，他完全不需要担心。卡特丽娜的身体相当轻盈，即使怀里抱着小女儿，对她也一点儿影响都没有。她和身旁的邻居说说笑笑，一会儿攀高，一会儿下坡，没有遇到任何困难。扬这才松了一口气。

然而，前往教堂的路还长着呢。林子里风声呼啸，走着走着，扬觉得双腿开始打战，后背上也渗出了汗水。林子里会不会突然窜出强盗？克拉拉会不会遇到危险？他胡思乱想着，心里越来越紧张。

不能再这么下去了！扬猛然停住了脚步，他昂头朝向黑漆漆的夜空，放开喉咙唱起了歌——扬从来没有学过唱歌，简直没有一个音节是准确的。他的声音沙哑难听，身边同行的人纷纷皱眉摇头，可是扬一点儿都不在乎。他得设法保护女儿，哪怕是用这难听的歌声。

周围人的白眼和小声议论并没有对扬造成影响，他一边满不在乎地唱着歌儿，一边大步向前走。忽然，他的衣袖被身旁一位太太轻轻地拽了拽。

“扬，”这位太太笑着说，“我跟你一起唱，好吗？”

扬不好意思地点了点头，他其实早就意识到自己的歌声会使其他人感到不舒服了。

邻居太太轻柔地唱起了歌儿。她的歌声温柔悠扬，而且极具感染力。不一会儿，周围的人都来到了他们身边，一个接一个地唱了起来。温暖的歌声回荡在幽深的林子里，驱散了周围寒冷与诡异的气息。渐渐地，风停了，他们越过了山丘，穿过了森林，走上了大路。

“火把烧到头了，这可怎么办呢？”有一位邻居发愁地说。

“怕什么，你瞧！”扬拍了拍他的肩膀，伸手指向路边的农舍。原来，善良的农舍主人们都在窗前点了一盏油灯，为路过的旅人照亮前行的路。

他们继续匆匆向前走去，步子又急又稳。扬的心情激动无比，他已经看见了远方巍峨的教堂穹顶，让人恨不得立刻飞过去！

穷人只能徒步前行，而富人则驾着马车，风驰电掣般地经过他们身旁。扬被这疾驰的马车吓了一跳，连忙从妻子手中接过了女儿。他实在担心会有哪个鲁莽的马车夫驾车冲撞了行人，碰伤了他心爱的小女儿。

然而，扬也非常疲倦了，毕竟他已经走了很长的路，气喘吁吁，脚下的步子越来越沉重。他抬起头来看了看教堂的方向，叮嘱自己：一定要坚持住！只要走进教堂就能好好休息了，在这之前，一秒钟也不要松懈！

怕什么就来什么。就在扬这样想的时候，身后传来了巨大的响动，雪粒簌簌飞溅起来，原来是两匹马拉着雪橇急冲过来，毋庸置疑，这是富人们的交通方式！扬一眼就看到了，拉着缰绳的是那个身穿华服、头戴礼帽的男主人，他家的马夫反而坐在一旁。

看来，是这位先生心血来潮，决定亲自驾车。扬赶紧往旁边躲了几步，生怕这位先生驾车技术不熟练，撞到了自己。然而，他跑得太急，一个踉跄，在雪地里摔了一跤。

“真是对不起！”这位身穿华服的先生连忙拉紧了缰绳，叫道，

“你没事吧？需不需要看医生？”

扬连忙摇摇头表示自己没事，他仔细看了看怀抱里的女儿，确保她没有受到一丁点儿伤害，这才爬起身来，拍打着自己身上的雪。

“真是过意不去。”面前的先生抱歉地说，“不如这样吧，我来帮你将孩子送到教堂去，我们就在教堂门口等你们，好吗？这里距离教堂还有不近的路程呢，带着孩子赶路未免太吃力了。”

“谢谢你的好意。”扬勉强地笑了笑，“我自己抱着孩子就行了。”

“请你放心吧。”面前的先生再次说道，“我们会好好照顾你的女儿的。”

“不，不，谢谢你，不用了。”扬连声说着，抱紧了怀里的克拉拉，匆忙离开了。他真不敢和这位先生再交谈下去，不然，他们突然扑上来抢走他的孩子可怎么办？

身穿华服的先生摇了摇头，只好继续驾着雪橇离去了。卡特丽娜眼看着扬走了回来，急匆匆地叫道：“你呀！你不认识他是谁吗？”

“不管他是谁，我都不能将克拉拉交给一个陌生人！”扬气呼呼地说，“难道你就放心将孩子交出去吗？”

“他可不是陌生人，他是钢铁厂的副厂长啊！你瞧，你错过了一个多好的机会啊！”

扬抓了抓脑袋，又抱紧了怀里的克拉拉。

“虽然如此，”他说，“但是，这也没什么可后悔的，保护克拉拉才是我最重要的事情！”

扬觉得妻子太容易相信别人了，即使那个人是钢铁厂的副厂长，也不能轻易将克拉拉交给他照顾。克拉拉生得乖巧可爱，无论谁见了都会喜欢她的，说不定就会有人将克拉拉从自己身边夺走。

克拉拉的小脸已经不像刚出生时那般皱皱巴巴的，现在看起来很圆润，小家伙一笑，几颗乳牙就露了出来。扬的心底突然生出了一个不切实际的想法，如果克拉拉能慢些长大就好了。

虽然山路很难走，但他们一行人还是按时到达了教堂，那天的祷告也顺利结束了。

3

克拉拉三岁那年，生了一场大病，是可怕的猩红热。她吃不下饭，睡不安稳，高烧不退，咕咕哝哝地说着胡话。扬急得出了一脑门儿汗，他围着女儿的病榻转来转去，却束手无策。

“你根本不会照顾孩子，快让开，不要妨碍我。”卡特丽娜冲他叫道。扬的确不知道如何护理病中的孩子，他所做的一切都是在给妻子添乱，但他实在太焦急了，他非得设法做点儿什么不可。

病中的克拉拉烧得浑身滚烫，眉头紧皱，难受得不断呻吟。看到孩子这副模样，卡特丽娜忍不住叹了一口气。

“可怜的孩子，睡在草垫上实在是太遭罪了……”

然而，夫妻俩根本没有任何办法，他们甚至连一条质量过得去的床单都买不起。小克拉拉不断地翻身，粗糙的草垫一遍遍摩擦着她柔嫩的肌肤，她难受地呜咽了起来。

这可不行！扬心急火燎地转来转去，忽然，他想到了一个主意——他有一件质地精良的高级衬衫呢！那件衬衫的布料可是相当细腻的，如果将衬衫剪开作为床单，给克拉拉垫在身子底下，肯定能让她舒服不少。

但是……

扬悄悄瞄了卡特丽娜一眼，又有点儿犹豫。要知道，那件衬衫可是卡特丽娜在他们结婚时专门买来的，具有特殊的意义。如果他擅自将衣服剪了，卡特丽娜肯定会大发雷霆吧？

扬对妻子感到非常愧疚。她为这个家付出了许多，就连克拉拉生病的时候，卡特丽娜所做的事情也比扬更多。卡特丽娜将浑身滚烫的小克拉拉用被子紧紧地包裹起来，避免她受风着凉，她抱着女儿找到了艾里克，恳求他将马匹借给她，好让她带着女儿去求医。尽管这里的医生水平有限，可能无法治愈克拉拉的病，但是卡特丽娜已经做了她能做的一切。

相比之下，一件衬衫算得了什么呢？扬反复对自己说着，妻子的付出不是更多吗？女儿对家里的意义不是更重要吗？

可是，卡特丽娜能够理解他的心情吗？

就在扬和卡特丽娜心烦意乱的时候，一位路过的老太太帮助了他们。

这位老太太曾经是这一带著名的兽医，她见过各种各样的疑难杂症，会用各种稀奇古怪的手法给人们清除病痛。

不过，当她检查过克拉拉的身体后，这位智慧的老太太也忍不住皱紧了眉头。

“这样的病可真不好治。”她摇了摇头，卡特丽娜殷勤地为她端来了咖啡和点心，反复恳求她设法医治克拉拉。

“只能尽量试试看了！”她说。

说完治疗方法之后，老太太就告辞了。扬和卡特丽娜面面相觑，都觉得这个解决方法实在是太古怪了。

“这法子听起来一点儿都不靠谱。”卡特丽娜失望地说，“我根本不相信。”

“我，我在想……”扬期期艾艾地说，“我在想我那件衬衫，或许……”

他不知道该怎么向卡特丽娜开口，而她根本没有仔细听他说话，她忙着去照料克拉拉了。

等到夜幕降临时，忙碌了一整天的卡特丽娜很快就睡着了，而扬还睁着眼睛。他满脑子都是克拉拉和他的衬衫，根本无法静下心来。

就这么做吧！扬豁出去了，他悄悄爬起来，打开衣柜找到那件高级衬衫，把它剪成两半，精心地做成了女儿用的小床单和小被子。

扬弯下腰轻轻地抱起克拉拉，将小床单轻柔地铺在了草垫上，随后再将克拉拉放到小床单上。盖上小被子的那一刻，克拉拉稍稍舒展了皱起的眉头，她往小被子里钻了钻，扬给克拉拉掖了掖被角。

午夜十二点的钟声敲响了，做好这一切的扬已经疲惫不堪，他坐在床边打起了盹儿，迷迷糊糊中做了一个梦。他梦到家里飞来一位小天使，小天使有一头漂亮的金发，背上有一对洁白的翅膀，他飞过的地方总有点点星光，小天使绕着克拉拉一直飞，克拉拉周围都是闪闪的光芒。不久后，小天使大概是飞累了，他想靠在草垫上休息一下，但却被粗糙的干草扎破了皮肤。小天使张开翅膀想要离开这里，去寻找更舒适的休息地，他不小心踩到了克拉拉的小被子，这床小被子很柔软，小天使顿时改变了主意，他安心地在克拉拉身边睡着了。扬在睡梦中不知不觉地弯了嘴角，女儿有了小天使守护，一定会很快好起来。

第二天一大早，扬就听到了卡特丽娜又惊又喜的声音。

“扬，扬！我真不敢相信，克拉拉退烧了！你快醒醒，快瞧瞧我们的女儿啊！她完全好了！”

扬一骨碌爬起来，看到安稳熟睡着的女儿，他也不由得露出了放松的笑容。

更令他感到高兴的是，卡特丽娜完全没有追究他剪掉衬衫的行为。看来，克拉拉的康复确实令她无比开心。

克拉拉非常喜欢那床由父亲的衬衫做成的小被子，每天晚上睡觉前都要抱着被角蹭一蹭。扬的针线活儿没有卡特丽娜好，一个月后，被角就翘起了线头，卡特丽娜将小被子的边边角角又重新缝了一遍。

克拉拉四岁时，小被子已经无法再把她完全裹住了，她的小脚丫总是露在外面，初夏的时候，她的脚上都是被蚊虫叮咬的红疙瘩。克拉拉生过那次病以后，扬和卡特丽娜就四处收集柔软的布料，有的是富人们不要的衣服，有的是裁缝店里的边角料。夏季过半时，卡特丽娜终于做好了两床又大又新的被子，一床薄被、一床厚被，每一床被子都可以将一家三口盖住。

卡特丽娜还用剩余的布料给克拉拉做了一条小裙子，这是因为扬发现，克拉拉已经会照镜子了。

有一天晚上下了一场暴雨，早晨起来时，门前的小坑里积满了雨水，克拉拉激动地跑到小水坑旁左瞧瞧右看看，一会儿揉揉圆圆的脸颊，对着小水坑做鬼脸；一会儿拉拉自己的衣服，在小水坑旁转圈圈。扬看到女儿如此可爱的举动，也凑到小水坑旁看了看，他看到克拉拉和自己的倒影都出现在了小水坑里。

扬将这个事告诉了卡特丽娜，他惊喜地对卡特丽娜说："我们的克拉拉在那里照镜子呢！"卡特丽娜正在为扬准备早餐，她听到后，也走到门口看了一眼，克拉拉正在小水坑旁梳理自己凌乱的头发，那笨拙的样子真是可爱。

克拉拉收到新裙子后高兴得转了好几个圈，她还亲了亲卡特丽娜的脸颊，但她穿了一会儿就脱下来放好了。卡特丽娜觉得很奇怪，经过询问才知道，因为那时候小水坑已经消失了，克拉拉想在下一个雨天让小水坑看看自己的新裙子。

最近，克拉拉的小脑袋里总会冒出许多问题，例如为什么雨从天上来？为什么鱼喜欢住在水里？为什么扬要出门工作？卡特丽娜每次都耐心地回答，但是克拉拉总能接着卡特丽娜的话继续往下问。如果扬在家里，那就由扬来回答这些问题。

这一年的冬天很快就来了，山林覆满了白雪，晚上山路不好走，扬在农场工作完，天已经快要黑了，他需要在天完全黑之前赶回家。那天风很大，把扬的脸吹得通红。

天黑前，扬终于赶回了家。他看到克拉拉正蹲在门前玩雪，房间里透出的金色光晕恰好落在了雪地上，照得白雪闪闪发光，小小的克拉拉也闪着金色的光。那一刻，扬觉得似乎真的有小天使来自己家里做客了。

克拉拉将雪抛撒到空中，雪落下那一刻她正好看到了站在门口的扬，克拉拉一脸欣喜地朝着扬跑了过去，扬张开双手将小小的克拉拉从雪地里举了起来。

克拉拉贴了贴扬冻红的脸问："爸爸，为什么你的脸上开出了小红花？"

扬抱着克拉拉回到屋内，伸手摸了摸，这才发现自己的脸被冻伤了，脸上出现了一些细小的裂口。

卡特丽娜看到了扬的脸，伸手捏了捏克拉拉的小脸说："这是为了见我们的克拉拉才开的花呀。"

地上的白雪还在闪着亮光，小小的房子被一家三口的欢笑声填满。

4

克拉拉五岁以后，扬就时常带着她出门散步，去各处拜访亲戚朋友。要知道，他的亲朋好友中也不乏厉害人物呢。

其中，名声最大的一位亲戚就是布叶恩·亨德里克逊，他是当地一位了不起的富豪。亨德里克逊太太和扬的妈妈是重组家庭中的姐妹，因此，扬就算是布叶恩的外甥了。

过去，扬从来不愿意和布叶恩攀交情。他知道，他们的身份天差地别，作为富豪，布叶恩也根本不愿意认一个穷外甥！就算在路上碰到了这位姨父，扬也只会深深低下头，压下帽檐，假装没看见他。

不过，现在的扬可没那么自卑了。他现在虽然还是很穷，却拥有了一个世界上独一无二的宝贝——聪明可爱的克拉拉！他坚信，克拉拉比一切黄金钻石都更加珍贵。那么，为什么不带着女儿去拜访布叶恩姨父呢？他肯定也会喜欢克拉拉的！

登门拜访的扬和克拉拉得到了布叶恩一家人的热情接待，布叶恩陪着这个可爱的小姑娘玩了好一会儿，亨德里克逊太太也端上了不少美味的糕点零食，让克拉拉尽情享用。此外，布叶恩还送给了小姑娘一枚硬币作为见面礼。

布叶恩夫妇邀请扬和克拉拉共进下午茶，他们喝了热咖啡，交流了最近的生活状态，亨德里克逊太太问了扬许多问题，对他们的生活非常关心。

“那么，就这样吧，亲爱的扬。”谈了一会儿以后，布叶恩站起身来与扬握手，打算送客，“真抱歉，我们下午还有其他安排，没法儿留你再多坐一会儿了。”

扬知道他们这些富人有不少应酬交往，也就站起身来，告辞离开。在他准备出门的时候，亨德里克逊太太叫住了他。

“等一等，扬！”她一边说，一边递过来一个沉甸甸的包裹，“这是一些面粉、小麦、熟肉和黄油，都是送给卡特丽娜和你的，别客气，收下吧！”

扬下意识地接过了包裹，向微笑着的布叶恩夫妇道别。他牵着克拉拉的手，沿着小路走出庄园，却越走越觉得不自在。手里那个沉甸甸的包裹似乎越来越烫手，他盯着包裹，皱紧了眉头。

他带着女儿来看望布叶恩夫妇，纯粹是出于亲人情分，并不是想求得他们的同情和施舍啊！如果只是他一个人来，收下他们的施舍也算不了什么，可是今天，扬的身边带着他最宝贝的小克拉拉，他可不能让克拉拉的尊严受到侵犯！

扬看了看天真无邪的女儿，又看了看那个装满了食物的沉重包裹，最终做出了决定。他大步走回布叶恩家的门前，将包裹放在了台阶上。只要布叶恩一打开门，就能明白扬的意思。

这个沉甸甸的包裹原本可以让他们一家人在接下来的几天里吃饱肚子，扬知道这一点，可是，他认为口腹之欲远远比不上女儿的尊严重要。毕竟那不是别人，而是他最珍爱的克拉拉啊！

扬希望克拉拉可以自信、快乐地长大，克拉拉以后还要继续生活在这里，如果扬收下了这个包裹，克拉拉将来就会在别人鄙夷的眼光中生活，那她一定会很伤心的，她也许还会质疑父亲的能力。扬不能让这种事情发生，他觉得放下那个装满食物的包裹是最正确的选择。

克拉拉六岁那年，也像其他孩子一样上学了。扬将克拉拉送去了东庄小学，看着她小小的身影一蹦一跳地往前走去，扬心中激动不已。

如果克拉拉早一年出生，就没办法恰到好处地上学了。因为这所学校在今年才刚刚建成，拥有了独立的教室。过去，教区执事斯瓦特利先生不得不带着孩子们在农民的家里读书。厨房里的烧火声、庭院里的劳作声、老年人的咳嗽声、女主人的絮叨声、鸡鸭发出的声音和孩子们的读书声交织在一起，实在不是一个良好的学习环境。

不过，斯瓦特利先生却是一位优秀的教师，即使在这样的条件下，他也督促孩子们认真学习，培养出了不少出类拔萃的人才。

现在，崭新的教室终于建成了，孩子们可以在安静整洁的环境中尽情享受学习的乐趣了，这简直令他们心花怒放！

孩子们蹦蹦跳跳地冲进了教室里，摩挲着那些光滑干净的桌椅板凳，爱不释手。就连斯瓦特利先生也是笑容满面，因为他头一次拥有了属于自己的办公室、办公桌椅，他不必再蜷缩在田间地头将就着批改学生作业了，他拥有了属于一名教师的工作环境，对他来说，这是往前迈进的了不起的一步！

扬牵着克拉拉的小手，将她送进了东庄小学。像其他孩子一样，克拉拉飞奔着冲进了学校，叽叽喳喳地和同龄的小伙伴玩到了一起，完全没注意到她身后的扬心情有些低落——就在刚刚，女儿还攥着他的手呢，可是一转眼，她就忙着去和小伙伴们打招呼了。

扬笑着叹了口气，拨开人群，努力凑到了讲台跟前。等一会儿克拉拉就要面临入学考试的挑战，扬希望自己可以陪在女儿的身边，鼓励她用最好的状态迎接考试。

其他孩子的父母大多是本地有身份的人物，衣衫褴褛的扬站在他们中间，有些格格不入。然而扬一点儿都不在乎，他所有的注意力都在克拉拉身上。

可是，克拉拉根本没有注意到人群中的扬。她正在目不转睛地看着斯瓦特利先生给学生们授课。高年级的学生聚到了一起，他们皱紧眉头，咬着笔头，费力地演算数学题，识别地图上不同国家的轮廓。

“唉。”扬眼巴巴地看着克拉拉，不由得叹了一口气，在新老师和新同学面前，自己的老爸简直不算什么啦！

这样酸溜溜的情感只存在了一瞬，扬很快又笑了起来。何必跟小克拉拉计较呢？瞧，其他的小孩子不是也和她一模一样吗？他们早就把自己的爸爸妈妈忘得一干二净了，只顾盯着斯瓦特利先生，如饥似渴地汲取着知识。眼前这一幕，不只让低年级学生的家长感到又惊又喜，连高年级学生的家长也欣慰不已。

“那么，低年级学生的入学测试这就开始了！”斯瓦特利先生拍了拍手，将孩子们都叫到跟前来，“首先，哪位同学能告诉我，我们的世界是怎样产生的？”

这个问题难住了孩子们，他们面面相觑，答不上来。

“每天晚上，在你们向上帝进行虔诚祈祷的时候，”斯瓦特利先生耐心地说，“你们会如何叫他？”

孩子们眨巴着大眼睛，依然不知道该如何作答。高年级的学生们旁观着这一幕，有的学生已经嘻嘻笑了起来。

“我知道！”就在这时，一个女孩清脆的声音响了起来，那是克拉拉的声音，“是扬！”

孩子们你看看我，我看看你，猛然爆发出了一阵哄堂大笑。克拉拉站在孩子们当中，脸上一阵红一阵白，眼泪在眼眶里打着转，心里委屈极了。

“静一静，静一静，孩子们。”斯瓦特利先生用手势阻止了学生们的哄笑，认真地说道，“我认为这没有什么值得嘲笑的。克拉拉的爸爸就叫‘扬’，她用父亲的名字称呼上帝，是因为父亲在她心目中如同上帝一般，宽和仁慈，值得信赖，值得依靠。这有什么不对呢？”

所有的学生都被斯瓦特利先生说服了，周围的家长也频频点头，他们不约而同地鼓起了掌。克拉拉的脸上重新绽开了一个大大的笑容，而人群里的扬简直笑得合不拢嘴了——听到了吗？克拉拉管上帝叫作“扬”！

扬觉得自己仿佛得到了世界上最高的荣誉。以前，人们总是将他当作无关紧要的人，但克拉拉却把他当作最重要的人，没有什么荣誉比女儿的夸奖更令人高兴了。尽管扬现在衣衫褴褛，但那些家长和孩子们并没有轻视他，反而对扬投去了赞赏的目光，一个能让女儿称其为上帝的父亲，一定是位好父亲。

第三章 圣诞节

1

附近的学校并不是只有斯瓦特利任教先生的东庄小学，远方的黑湖地区也有一所小学，说是小学，其实也只有一位年迈的教师和他所教导的一群孩子而已。要知道，并不是所有的小学都能建起宽敞的大教室。斯瓦特利先生的学校拥有了独立的教室与办公室以后，黑湖地区的老教师心里就有些酸溜溜的，很不是滋味儿。

“您看，如果用一种新的发音方式，或许更容易让孩子们理解……”每次见面，斯瓦特利先生都不厌其烦地对老教师说着自己的教学方法。

这一天，斯瓦特利先生像以往一样，去黑湖小学拜访这位老教师，并且与他分享自己的教学经验。令他没想到的是，老教师忽然发火了。

“是吗？别想来教训我，你这小子！”老教师嚷嚷着说，“你以为你很了不起吗？嗯？就因为你们有了独立的教室和办公室？告诉你吧，我一点儿都不稀罕那个！能够教授给学生知识才是最重要的，在这一点上，你还差得远呢！”

斯瓦特利先生有些摸不着头脑，他尝试着和老教师好好沟通：“我绝对没有不尊重您的意思，先生。我只是想说，时代变得很快，我们的教学方法也应当……”

“我的教学方法怎么了？你说说看啊！”老先生愤怒地瞪大了眼睛。

“不，不，您的教学方法没什么不好……我相信孩子们也是非常喜欢的，在您的课堂上，他们会感到，呃，放松和快乐……”

“怎么，你是想说，我的课堂和游乐场没什么两样？！你是想说，我根本没有尽到一位教师的责任？！”老先生怒不可遏地大喊大叫起来。

“我并没有这么说，您不必这么生气……”

“我不必这么生气？哼！不管是谁听到这番话，都会觉得被冒犯的！”

两位老师之间闹得很僵，差点儿就不欢而散，幸好周围的人帮他们打圆场，他们才勉强握了握手。然而，回到家里的老教师依然有一肚子气，他絮絮叨叨地对妻子抱怨道：

“那个斯瓦特利，那个初出茅庐的小子，简直没有把我放在眼里！怎么，难道我真的比不上他吗？难道我真的老了吗？”

“就算你真的已经老了，那又有什么关系呢？”妻子温和地安慰他，“不少人生经验只能由老年人传授给年轻人，不少新奇变化只能由年轻人传授给老年人，这都是再正常不过的事情。我相信，你们两个人都是一心为了学生着想的，你们都是优秀的老师。”

老教师叹了一口气，摇摇头：“虽然你这么说，可别人不会这么想。他们都认为我被那个斯瓦特利压了一头，他们以后都不会再尊重我了！”

“如果是这样，我倒有个好办法。”他的妻子笑了起来。

“什么办法？快说说看！”

“我想，不如举办一场东庄小学和黑湖小学的知识竞赛。”他的妻子说，“让两所学校的学生回答同样的题目，这不就能让大家一眼看出他们的水平吗？到那个时候，你和斯瓦特利老师之间的教学能力，也能分出高下了。”

“没错，就这么办！”老教师感到豁然开朗，他匆匆提笔，写了一封给斯瓦特利先生的挑战信。斯瓦特利先生很快就写信回复，欣然接受挑战，并且提议在圣诞节假期举行这场知识竞赛。对孩子们来说，这一定是一个难忘的圣诞节假期。

敲定了竞赛的时间和地点以后，两所小学里的孩子们就积极投入到学习中。老师们争分夺秒地向他们讲授知识，而孩子们也希望证明自己的学习能力，证明自己喜爱的老师的教学水平，因此都一门心思地忙着准备竞赛，简直拿出了应对期末考试的劲头呢。

2

圣诞节过后的第一天，东庄小学与黑湖小学之间的知识竞赛就正式拉开了帷幕。所有的老师和同学都聚在了东庄小学新修建的教室里，教室中央摆放着一棵高大的圣诞树，许多人在轻声哼着圣诞歌曲。树下堆放着各式各样的小礼物，参加比赛的孩子可以自行领取。学生席和家长席上分别摆放着苹果和咖啡，所有人都对这场比赛充满了期待。

东庄小学和黑湖小学的学生座席分列两边，斯瓦特利先生走上讲台，向大家详细介绍了此次比赛的规则。两位老师轮流出题，如果对方的学生回答不上来，回答机会就将让给己方的学生。

比赛正式开始，斯瓦特利先生向黑湖小学的孩子们逐一提问，这是一群相当机灵聪明的孩子，一般的问题可难不住他们，斯瓦特利先生专门出了几个高难度的问题，孩子们依然对答如流。斯瓦特利先生笑着为他们鼓起了掌，离开了讲台。

随后上台的就是那位老教师了，他先出了几道中规中矩的题目，斯瓦特利先生的学生们也都回答得很快。然而接下来，孩子们却被一个特别的问题难住了。

那个问题是：“河底的石头特殊在哪里？”

斯瓦特利先生的学生们面面相觑，他们从来没有在教科书上读到过任何有关河底石头的知识啊！他们又诧异又紧张，生怕答错，纷纷摇着头不敢回答。

反观黑湖小学的孩子们，他们一个个眼睛发亮，迫不及待地举手想要回答问题。

“怎么，东庄小学没有一个学生可以回答这个问题吗？”老教师叹了口气，“如果这样，你们就要输掉比赛了啊。还是没有？让我们再等一等吧，三、二……”

“我知道！河底的石头都是湿漉漉的！”

最后关头，学生中响起了一道清脆的女声，那是克拉拉的声音！她实在不愿意看到自己的学校输掉比赛，因此急匆匆地叫出了声。刚一说完，她就不好意思起来，这算是个什么答案啊？她连忙深深地埋下了头，恨不得找个地缝钻进去。

没想到，老教师笑着连连点头，夸奖她道：“你说得非常好，我亲爱的孩子！不要惧怕回答问题，你为你的老师和同学们赢下了这一局！”

周围的同学和家长们也纷纷笑了起来，热情地为她鼓着掌。克拉拉高兴得小脸通红，向着讲台上的老教师露出了羞涩的笑容。她第一次体会到，学习居然可以让人这么快乐！

这次竞赛也让斯瓦特利先生受益匪浅，虽然克拉拉的勇敢发言为东庄小学争得了这一次的胜利，但是孩子们确实缺乏对于课本以外知识的了解。比赛结束后，斯瓦特利先生在东庄小学的教学计划里面加上了探索自然和生活知识的课程。

3

转眼间，克拉拉已经上学两年多了，她不仅学到了很多知识，还能独立完成很多简单的事情。扬看着女儿一点点长大，心中喜忧参半：高兴的是克拉拉比小时候更加聪明美丽，不用大人随时看护；难过的是克拉拉就像正在学习飞翔的小鹰，很少需要父母的羽翼帮她遮挡风雨，这样的成长速度让扬觉得有些不安。

令人欣喜的春天到来了，花儿沿着村里的小道一直开到小溪边，让人总想在柔软的草丛中踩一踩、到五颜六色的花丛中看一看。每到这时，村里的孩子们都会聚集在小溪边采花捉虫。克拉拉也发现，小溪边的确是个好去处。

最近，克拉拉多了一项特殊的爱好，那就是钓鱼。她经常去不远处的小溪边散步，发现溪水中有不少鳟鱼。克拉拉就自己学着制作钓竿，尝试钓鱼，居然第一次就获得了成功。对于一个八岁的孩子来说，这可不是一件容易的事。

“我们的克拉拉是个了不起的小天才呢！”妈妈夸奖着她。她将克拉拉带回来的鳟鱼洗净、去鳞、处理内脏，煎来吃。尽管最后煎出的鱼肉并不是很美味，但是克拉拉已经感受到了钓鱼带来的快乐。

从此之后的每天清晨，克拉拉都早早起床，跑到溪水边下竿钓鱼，她使用的鱼饵是自己提前准备好的蚯蚓或其他虫子，她在钓鱼方面的确具有远超常人的天赋，几乎每天都能带回好几条鳟鱼。

这样的日子持续了一段时间，忽然有一天，克拉拉发现自己钓不到鱼了。她提前准备的鱼饵、钓鱼的方法、下竿的位置都和以前一模一样，可是每次提竿，鱼钩上都空空荡荡，她不知道发生了什么事，水里的鱼儿再也不上钩了。

“喂，是不是你们动了我的鱼竿和鱼饵？”克拉拉叉着腰，向着不远处扎堆儿玩耍的男孩子们发问。这些孩子几乎都是艾里克家的，他们不喜欢和克拉拉一起玩儿，听到她的问话，纷纷做起了鬼脸。

“我们？动了你的鱼竿和鱼饵？嘁！”男孩子们发出了不屑的声音，“要是我们想钓鱼，爸爸可以专门开辟出一片湖来给我们钓！我们怎么可能看得上你那区区几条小鳟鱼？！”

克拉拉半信半疑。如果真的是这样，那么是谁在她的鱼竿和鱼饵上做了手脚呢？

必须查清楚不可！

第二天清晨，克拉拉起得比平时早得多，她匆匆跑出家门，决心寻找与钓鱼相关的真相。还没走到溪边，克拉拉就看到一个人蹲在那里，正在埋头鼓捣着她的鱼竿。就是他！小偷！是他偷走了她的鱼！

克拉拉朝着溪边的男人直冲过去，气呼呼地挥起了小拳头。

“喂！你！”她叫嚷道，“别动我的鱼竿！你不觉得羞耻吗？偷我的鱼！”

那个人吓了一跳，站了起来，克拉拉看清了他的模样。原来，那并不是什么调皮捣蛋的男孩子，而是住在隔壁的老织网工奥尔。

克拉拉愣住了，奥尔看到是她，叹了一口气。

“请原谅我，克拉拉，我必须这么做。”奥尔说。

“为什么？你太过分了！”克拉拉气鼓鼓地说。

“我是一个穷人，我的妻子和孩子们经常挨饿，只有当我带着鱼回去的时候，他们才能吃上一顿饱饭，这就是我这么做的原因，克拉拉。”奥尔一字一顿地说。克拉拉愣在了原地，她完全没有想到，自己钓鱼只是一时兴起，但上钩的鱼却可以让隔壁的奥尔一家人饱餐一顿。克拉拉第一次意识到贫穷会让人多么无奈、多么难过。

“那么，那么这鱼……”她想把钓到的鱼给奥尔，然而他已经转身离开了。克拉拉犹豫了一会儿，只好将鱼丢进水里，垂头丧气地离开了溪边。

4

第二天一大早，克拉拉又去了小溪旁，她的鱼竿仍然摆放在原来的地方，鱼儿在水里游来游去。克拉拉将上钩的鱼儿捉住，放进竹篮里带到了奥尔家。

奥尔家比扬家更加穷困，当克拉拉敲开院门的时候，奥尔正忙着在院子里劈柴，他满头是汗，衣服上到处都是补丁。

“其实，老奥尔原本不用过得这么穷。”克拉拉想起了妈妈曾经说过的话，“他曾经也很富裕，本来可以过上好日子。他之所以还住在这间破屋子里，是因为他要照顾大儿媳和小孙子……唉，老奥尔的大儿子把父亲给自己的钱挥霍一空后去世了，小儿子分走父亲一半的财产后却对他不闻不问。老奥尔也实在是一个可怜人啊！”

“奥尔先生！”克拉拉踮起了脚，将竹篮递了过去，“请您收下这几条鱼吧！”

老奥尔抬起眼皮，瞧了瞧克拉拉竹篮里的鱼。

“你的确很会钓鱼，小姑娘。”他面无表情地说。

“没错！我爸爸也总是这么夸奖我呢！”克拉拉高高兴兴地说，将装着鱼的竹篮推到了老奥尔面前。她满心期盼着老奥尔向她露出一个笑容，再摸摸她的小脑袋——正如扬经常做的那样，然而，老奥尔让她很失望。

“把鱼拿回去，小丫头。”老奥尔冷冰冰地说，他没有再多看竹篮一眼，“我不需要你给我送鱼，我可不是沿路乞讨的乞丐。”

“不，不，我可没有把您当乞丐看！”克拉拉慌慌张张地说，“如果……如果您不愿意收下鱼，那么，请收下我的渔具吧！那是我送给您的礼物！”

“我也不需要，我有我自己的渔具。”

克拉拉眼巴巴地看着老奥尔，绞尽脑汁地想着该怎么应答。

“或者……或者您让我跟着您一起去钓鱼，行不行？我们交个朋友吧！将每天钓到的鱼儿平分，好不好？”

老奥尔看了她一会儿，终于笑了。

“你真是个执着的小姑娘，克拉拉。”老奥尔笑着说，“谢谢你的好意，我可没办法继续拒绝啦。现在，我也上了你的钩。”

克拉拉拍着手笑了起来，她跑上前去，给了老奥尔一个大大的拥抱。从此他们就成了亲密的朋友，每天清早，克拉拉都会和老奥尔一起外出钓鱼。

5

克拉拉十岁的时候，做了一件相当了不起的事情。那是一个悠闲的黄昏，克拉拉坐在自家门口吃黄油面包，远远看见一个人影从前方走来。这人个子很高，一副凶相，戴着一顶破了洞的帽子。他是阿格里巴·普斯特伯尔夷，方圆百里出了名的恶人，就连大人们都躲着他，小孩子们更是害怕他。

然而，克拉拉从来不会对什么人感到害怕。她淡定从容地将唇角的黄油舔干净，将面包藏进了怀里，随即抓起了妈妈放在她身边的针线活儿，假装自己正在埋头干活儿。

不一会儿，阿格里巴的脚步声就走近了，他停在了克拉拉家的门前，毫不客气地推开了她家的院门。

“喂，小孩儿！”他粗着嗓子叫道，一双黑眼睛在克拉拉家里来回打量着。

其实，阿格里巴并不是上门抢劫的强盗，不会强硬地夺走克拉拉的黄油面包。他之所以受到所有人的厌恶，是因为他是个古怪的“修钟匠”。阿格里巴对修钟有着异乎寻常的热情，简直到了不讲道理的程度。假如他在谁家瞧见了挂钟，就会蛮横地表示这座钟出了毛病，要求替这家的主人修一修钟。如果这家的主人答应了他的要求，他就会一口气将钟表拆开再重装起来。经过这么一番折腾，那可怜的老钟表往往就再也无法准确报时了，要想继续使用，主人必须经常请阿格里巴上门调试。这还不算完，阿格里巴还会向主人家索要一笔昂贵的报酬，作为修钟的辛苦费。

附近每一户拥有钟表的人家，几乎都遭受过阿格里巴的骚扰，克拉拉家也不例外。阿格里巴曾经上门过好几次，每次扬和卡特丽娜都用各种各样的借口把他拒之门外，不让他接触到家里那座钟表。然而这一次，家里只有克拉拉一个人，她该怎么办呢？

阿格里巴一点儿没有把小小的克拉拉放在眼里，他瞟了克拉拉一眼，满不在乎地说："家里只有你一个人吧，小丫头？"

说完，不等克拉拉回答，阿格里巴就伸手推开了她家的房门，直奔房间里的那座钟表。

"等一等，等一等！"克拉拉猜到了阿格里巴想要做什么，连忙冲到了他面前，张开双臂，挡在了那座钟表前，"请不要这么做！我们家的钟表报时非常精确，请不要动它！"

"你这么个小丫头能知道什么？！"阿格里巴鄙夷地叫道，伸手推开了克拉拉，"我猜你根本不懂得钟表的构造吧？哼，瞧着吧，等我修理完以后，你们家的钟表就会大变样的！"

阿格里巴的动作很快，还没等克拉拉反应过来，他已经三下两下拆开了钟表后盖，将里面的零件一一拆卸下来。克拉拉瞪大了眼睛，又生气又着急，简直快要哭出来了。

6

其实，阿格里巴对于扬也有些忌惮，他担心扬会提前回家，因此必须用最短时间将钟表拆卸重装。他打开了自己的工具包，一不小心，里面的几件工具掉在了地上。

“喂，那边的小丫头，别在那里傻站着！”他粗声粗气地对克拉拉嚷道，“过来帮忙！把我的工具全都捡起来，分类放好！”

阿格里巴简直就是一个不折不扣的强盗！克拉拉气愤地想着，却不得不蹲下身子，逐一捡起了地上的木槌和锯子，放在阿格里巴手边的桌子上。

“我的眼镜在哪里？快帮我找找！”阿格里巴眯着眼睛，在自己的工具包里四处翻找。

“如果没有眼镜，阿格里巴就无法进行精密的钟表拆装工作了。”克拉拉边想边找，忽然看到阿格里巴的眼镜盒滚落到了桌子底下，她眼疾手快地抄起眼镜盒，将它藏进了自己的怀里，若无其事地回头看向阿格里巴。

“我没瞧见您的眼镜盒，您是不是没有带眼镜出门呀？”

“你刚才在做什么，小丫头？！”阿格里巴嚷嚷起来，尽管克拉拉的动作很快，却还是被他注意到了，“我看见了，你别想骗我，把我的眼镜盒交出来！”

“我不知道您在说什么，先生。”克拉拉抖了抖自己的围裙，摸出了一块黄油面包，笑嘻嘻地向着阿格里巴晃了晃，“我猜您大概是看到了这个吧。”

“这……你为什么要把黄油面包藏在怀里！”阿格里巴恼火地叫了起来。

“我怕您找我要面包吃，所以才这么做的。”克拉拉耸了耸肩膀，“就算我把黄油面包藏在怀里，跟您也没有什么关系啊。既然您在这里找不到眼镜，就快回家找找吧！”

阿格里巴无计可施，只好嘟嘟囔囔地收拾了自己的工具，转身离开。趁他回头的时候，克拉拉神不知鬼不觉地将手里的眼镜盒塞进了他的工具包里。

阿格里巴回到家里，翻箱倒柜找了半天，依然没有找到他的眼镜盒。他又气又急，随手扯开了自己的工具包，却发现眼镜盒正端端地待在那儿呢！

从此以后，就连阿格里巴都承认克拉拉是个难得一见的聪明姑娘，他偶遇扬的时候，还将这件事仔仔细细地对他讲了一遍。

扬一直都以自己的宝贝女儿为傲，在克拉拉成长的岁月里，他收获了无穷无尽的快乐与幸福。然而，极少数的时候，克拉拉也会让他感到生气。

那是克拉拉十一岁时发生的一件事。那年夏天，洛夫达腊庄园的庄园主为了庆祝自己的生日，邀请了周围所有的住户参加宴会，不光那些有头有脸的先生小姐，平民百姓也收到了同样的邀请函。

想想吧，参加宴会不仅能吃到许多平时吃不到的美味佳肴，还能在庄园主的苹果园里尽情游览！最近正是苹果丰收的季节，只需要想想那些鲜红可爱的、散发着清甜诱人的香气的苹果，小孩子们就都忍不住直咽口水。

克拉拉也是一个馋嘴的小姑娘，她眼巴巴地盯着树上新结的苹果，真想偷偷溜过去，摘一个来尝尝。但是苹果园里有不少园丁正在来回巡视，偷摘苹果显然是不被允许的。扬注意到了女儿渴望的眼神，他拉着克拉拉的手，将她带离了苹果园。

许多客人都聚在庄园主的门前，教区执事正在用优美的调子念诵着一首长长的赞美诗。然而，克拉拉的眼睛滴溜溜地转来转去，还不时往苹果园的方向探头探脑。扬皱紧了眉头，始终牢牢地攥着克拉拉的手，不让她离开自己的视线范围。

7

天色渐渐暗了下去，庄园主事先准备好的小彩灯被一一点亮，将房间、树木和窗户点缀得五彩缤纷，所有的客人都欢聚一堂，向庄园主说着各式各样的贺词，花香弥漫在空气中，爱玩爱闹的孩子们点燃了绚烂的烟花。扬的注意力被半空中燃放的烟花吸引，他沉浸在这美好的夜晚里，一时忘了要看好身边的小女儿。当他回过神的时候，不由得吓了一大跳，克拉拉不知道什么时候不见了！

“糟糕！”扬喃喃地说，“她肯定溜进了苹果园里，这孩子，一点儿都不让人省心！我该怎么办呢？要不要去找她？不，不……还是希望她赶紧回来，千万不要被巡逻的园丁发现！”

扬心急如焚地踱来踱去，不断地朝苹果园的方向张望，就在他伸长了脖子焦急等待的时候，远处走来了两个巡逻的园丁，这两个人各自抓着克拉拉的一条胳膊。克拉拉还是被抓住了！

两个巡逻的园丁走到了庄园主面前，将低着头的克拉拉推了过去。克拉拉的心怦怦乱跳，她紧紧地攥住了自己的围裙和围裙底下的苹果，奇怪的是，从她表情上完全看不出慌张。

“您猜的一点儿都不错，先生。”负责巡逻的园丁说道，“我们在果园里捉到了溜进去偷苹果的人，喏，就是这个小姑娘。”

偷窃是不好的行为，庄园主皱紧了眉头，他安排了许多园丁在果园里来回巡视，目的就是捉住小偷。可是，他没想到偷摘苹果的是这样一个小姑娘，当她被人捉住的时候，她一定也不知道该怎么办吧？庄园主发现自己有些同情这个小姑娘了。

然而，如果睁一只眼闭一只眼，那他的果园迟早会被偷光。庄园主犯难了，他不知道应该如何处置克拉拉。

“你看起来已经是一个大姑娘了，我的孩子。”庄园主叹了口气，对克拉拉说道，“为什么要偷摘不属于你的苹果呢？难道，你不知道贪婪和偷窃都是绝对错误的行为，会惹出大麻烦吗？”

“对不起，先生，请您原谅。”就在这时，一个声音响起来，原来是扬走了过来，他紧紧地拉住了克拉拉的手。就算女儿做错了事情，作为父亲的他还是不得不想办法保护孩子，“这一切都是我的错，是我给她出主意，让她去摘两个苹果尝尝……这只是一个玩笑，我没想到这会惹出乱子，真是抱歉。”

“不，和爸爸无关！”克拉拉叫道，“我早就想要溜进苹果园摘果子了，是爸爸一直拦着我！”

看到这一幕，庄园主忍不住笑了起来。

“真是一对可爱的父女啊，尤其是你，我的孩子，你一点儿都不害怕，是不是？让我告诉你吧，在亚当和夏娃的故事里，上帝之所以会发怒，并不是因为丢失了一两个苹果，而是因为亚当和夏娃不断说谎，互相推脱，而你完全不是这样，你是一个勇敢诚实的孩子，为此应当获得奖励！”

庄园主指了指她怀里的一兜苹果：“喏，这些苹果就是我送给你的礼物，将它们全都带回去吧。”

在场的所有人都为克拉拉鼓起了掌，还有不少人称赞庄园主的宽容和善良。庄园主向着他的孩子招了招手，叫道：“快来帮我们倒酒，我一定要和扬喝一杯，他对克拉拉的家庭教育相当出色，简直令我敬佩。说真的，如果圣经故事的主人公是克拉拉，我们现在的生活一定会大变样的！”

扬高举酒杯，和庄园主碰杯，他万万没想到这件事能够以这种方式顺利收场。他紧紧地揽着女儿，笑得合不拢嘴。

树上的红色灯光映照在了克拉拉的脸上，克拉拉觉得自己的脸颊有些微微发烫，她紧紧靠在父亲身边，沉默不语。

克拉拉现在已经意识到，偷苹果是一件不对的事情。刚开始她确实被又红又香的苹果吸引住了。平日里，克拉拉也经常会到小溪边和山林间采摘野果，可是山里的野果怎么会和果园的苹果一样呢？她突然很想尝一尝果园里的苹果，每个苹果上似乎都有一位精灵，苹果精灵在不停地邀请她摘下那个苹果。最终，克拉拉抱着不会被发现的侥幸心理，向苹果伸出了双手。当自己被园丁拉到人群中间时，克拉拉才发现，自己已经被贪婪捆住了手脚。

克拉拉突然想起八岁时在小溪边钓鱼的事情，当她第一次发现自己辛辛苦苦钓的鱼不见了时，也是很生气的。而此刻怀中的苹果是庄园主和园丁们一起种出来的，自己却偷了他们的劳动成果，他们不生气才怪！树上的苹果本来就属于庄园主。

扬放下酒杯后，发现女儿一直很沉默，他轻轻拍了拍克拉拉的肩膀安抚着她。他知道，克拉拉会明白她错在哪里，也会从中吸取教训。当克拉拉自己承担罪责那一刻，扬真的担心女儿会因此而受到庄园主严厉的责罚，但他绝对不会让克拉拉一个人面对责罚。听了庄园主说的话，扬的心里才松了一口气，同时也为女儿的诚实感到自豪。

第四章 山顶上的秘密

1

为了回报庄园主在宴会上送苹果的好意，直到这一年夏季结束，克拉拉都在洛夫达腊庄园帮忙采摘苹果，扬虽然担心女儿会累，但他非常支持克拉拉的做法。庄园主和园丁们都对克拉拉的勤劳赞不绝口。采摘季结束时，庄园主又送给了克拉拉一些苹果。

看着桌子上的红苹果，扬和卡特丽娜一起将克拉拉拥入了怀中，家里从来没有出现过那么多新鲜的红苹果，而这些都是女儿带回来的。扬始终坚信，女儿就是上天送来的礼物，是这个家的希望。

扬认为，趁着自己还年轻力壮，应该更加努力地工作，破旧的房屋还在等自己修补，妻子和女儿的生活还在等自己改善。因此扬承担了庄园里更多的工作，每天都早出晚归。

冬天来了，天气越来越冷。这一天，扬和艾里克一同出发，上山去做些伐木的工作。艾里克挑中了一棵粗大的云杉树，两个人费了老大的力气才将它彻底锯断，树干缓慢地向下倒去，扬叫道："快过来些，先生！小心被树干砸到！”

艾里克听到了扬的提醒，可是他一点儿都不在意。

“有什么可担心的。”他满不在乎地说，“我砍过的云杉树比你见过的云杉树还多呢！”

然而，艾里克话音刚落，沉重的树干就朝着他当头砸了下来。这时候再躲避已经来不及了，艾里克被不偏不倚地压在了树下，他努力挣扎着，却无济于事。扬吓了一跳，连忙跑过来试图帮忙，可是这棵树实在是太大了，凭他一个人的力气，根本无法挪动。

“不，这样不行。”艾里克喘着粗气，对他说道，“必须想点儿其他办法。快，你回家叫几个力气大的小伙子来，让他们合力把这棵树搬走。快去啊！”

扬也意识到，仅凭自己根本无法救出艾里克。他没有再浪费时间，立刻转身撒腿狂奔下山。即使他用了最快的速度，但是跑出森林、跑到山下、跑回农场的这段路实在不短，他在路上花费了太多时间。

“快，快跟我来，出事了！”扬气喘吁吁地大喊。农场里的一个人听到了他的喊声，马上走了过来。扬认出这是拉什·贡纳尔逊，他娶了艾里克的大女儿，按照惯例，他有资格继承艾里克夫妇的遗产。

“发生了什么事？”拉什问道。

“艾里克先生被倒下来的云杉树砸到了！”扬着急地说，“我们现在必须去救他！快点儿，多叫几个人帮忙，我来领路！”

“被云杉树砸到了？”拉什皱紧了眉头，“我知道了，我会尽快安排的。这样吧，你先去我家一趟，告诉我太太……”

“她又帮不上忙，为什么要做无用功？”扬焦急地说，“女人们惊慌起来，总是会没完没了地哭哭啼啼。我们还是立刻就走吧，去牵马，就现在……”

“绝对不可以。”拉什斩钉截铁地说，“就算把我岳父救了回来，又让他在哪里治疗呢？是不是要提前请医生在这里等着呢？这些事都需要我太太帮忙，快点儿，你去告诉她一声！”

扬只好无奈地点了点头，前去向拉什的妻子说明了事情经过。他尽可能地将情况描述得直白简练，但拉什的妻子依然慌慌张张地追问了不少细节，使扬头疼不已。好不容易将女主人应付过去，扬匆匆跑出了门，本以为拉什已经将马匹准备好了，没想到他还在马厩里瞎转悠。

“喂，拉什！”扬嚷道，“你还在这里做什么？我们该出发去救人了！”

“不，现在还不行。”拉什摇了摇头，“只靠我们两个人是不够的，让我想想……再叫一个雇工来怎么样？要辛苦你跑一趟白桦林了，他们现在都在那儿工作，我就在这儿等着你。”

扬实在没办法，只好又跑向了白桦林。路上，他的心里直犯嘀咕，不明白拉什干吗要将自己支使得那么远。想以最快的速度救人的话，找柏尔叶作为帮手才是最合适的，柏尔叶就在附近，而且他为人热情，力气大，老实本分。无论从哪一点来说，他都是最好的帮手。

2

扬毕竟只是一名雇工，他无法违背拉什的要求，不得不花费大量时间跑到白桦林，找到在那里干活儿的雇工，带着他回到农场，三个人这才骑马赶向山上。

他们刚出发，拉什又像是猛然想起了什么，大叫道：“啊！瞧瞧我吧，我怎么忘了柏尔叶？我们应该叫上他，他能给我们帮不少忙！喂，你快去跟柏尔叶说说事情的经过，请他过来帮帮忙！”

雇工领命去了，扬急得在原地转来转去，满头都是汗。艾里克被压在云杉树下已经很久了，那可是一棵非常沉重的老树啊！他还活着吗？

等雇工带着柏尔叶匆匆赶来的时候，日头又往下落了一点儿。三个人慌忙冲进了树林，拉什晕头转向的，辨不清方向，带着他们走上了一条错误的山路。

“不，不是这边。”扬说道，“再这样走下去，我们肯定会迷路的。”

“我明明记得就是这样走的。”拉什脸色一沉，“你在质疑我吗，扬？”

扬不吭声了，柏尔叶左右看了看，犹豫地指向了扬所说的那条路。

“我觉得，扬说的是对的。”柏尔叶说，“我也上山伐木好几回了，是在那边，我敢保证。”

拉什的脸色不太好看，在柏尔叶和扬的坚持下，他不得不点了点头，放弃了自己选的那条路。

山路崎岖，他们又走了太多的冤枉路，一匹病弱的老马已经明显体力不支了。在蹚过泥地的时候，它的四条腿剧烈地打着战，一头向着泥塘里栽了下去。四个人不得不跳下马背检查它的伤势，扬几乎是万念俱灰了，他简直不敢想艾里克的情况。

当他们终于走进那片云杉树林，找到树下的艾里克时，扬惊讶地发现，尽管艾里克极为虚弱，可他还活着。他的腿在不断地流血，除此之外，身上并没有其他伤口。

四个人合力将云杉树挪开，将受伤的艾里克扶上马背，带着他回到了农场。扬满心认为艾里克不会有事，毕竟他在树干的重压下坚持了那么久，怎么会发生其他意外呢？然而，扬万万没有想到，艾里克的腿伤没有置他于死地，反而是他不小心患上的重感冒和肺炎越来越严重，最终夺走了他的生命。艾里克去世的那天，扬悲伤极了。

扬从葬礼上走回家里时，有些魂不守舍，他突然觉得死亡这件事来得真快，快得让人措手不及，某一天他也会面临同样的情况，到时候死亡将会把他与克拉拉分开，就像冬天的雪永远落不到夏天的山林里那样，不过这是很久以后的事情了。农场不久后将会拥有一位新主人，但扬并不知道接下来具体会发生什么。

当他推开家门时，他发现克拉拉和卡特丽娜都不在家，扬知道她们早晨去小卖部买东西去了，按照往常的习惯她们应该早就回来了，但现在家里、村口都没有看见她们的身影，这真是让人担心。扬坐在家里等了一会儿，不知道是不是因为凳子做工太过粗糙，扬如坐针毡。

终于，扬在离家门口不远的地方，看到了挎着篮子的卡特丽娜和系着红头巾的克拉拉。克拉拉一直低着头，看着自己的双手，她的手上好像捧着什么东西。

等到她们走近时，扬才发现，克拉拉用手护着一只瑟瑟发抖的小鸟。

克拉拉是在回来的路上捡到这只小鸟的，小鸟的翅膀和双脚被冻伤了，它的脚冻在了低处的细树枝上。克拉拉先将树枝掰断，又将小鸟的身体放进了手心里暖着。现在小鸟脚下的树枝已经被摘掉了，但小鸟还不能飞，外面到处都是冰天雪地，克拉拉只好带着它回家。

扬看到女儿小心翼翼托着小鸟的样子，不禁在心里感叹："瞧，我的克拉拉真善良。"

回家后，扬赶紧向火炉里面添了几根柴火，然后去拿早餐时剩下的一点儿面包，他知道克拉拉想让这只小鸟重回山林。

克拉拉搬了把凳子，坐在火炉旁边给小鸟取暖，还将面包掰碎放在手心里。小鸟身体暖和后，就开始啄起了面包碎屑。

经过克拉拉的精心照顾，小鸟恢复得很好。山林中传来了同伴的呼唤，那只小鸟在两天后的清晨飞向了山林。小鸟离开的那天早晨，阳光明媚，克拉拉很高兴小鸟能健康地离开，但她还是不舍地落泪了。她的眼泪在晨光里闪烁，随后滑过脸颊打湿了裙摆，这是她第一次面对离别。

扬看看山林，又看看女儿。他知道女儿终有一天也会飞向自己的山林，不免有些伤感。

3

十七岁的克拉拉已经长成了一个漂亮的大姑娘，这年夏天，扬和卡特丽娜带着她一起去教堂进行例行祷告。

在前往教堂的路上，每一个与他们相遇的路人都被克拉拉吸引住了目光，不为别的，实在是她太惹眼太明艳了。克拉拉身穿一条红艳艳的裙子。数遍方圆十里的人家，没有谁家的女孩子能穿着这么鲜艳、漂亮的裙子出门。

其实，克拉拉也是碰巧得到了这么一条美丽的红裙子。那天傍晚，有一位路过这里的陌生商人上门推销货物，克拉拉给他打开了门。一看见克拉拉，这位商人就瞪大了眼睛，他从没见过比克拉拉更适合穿红裙子的姑娘！因此，他不遗余力地向扬和卡特丽娜推销起了这条红裙子。

克拉拉对这条红裙子爱不释手，扬和卡特丽娜也非常喜欢。但是，这条裙子实在是太贵了，在这个连一日三餐都无法保障的穷人家里，花重金购买一条红裙子完全是没有必要的奢侈行为。

“谢谢您的推荐，先生，可是我们买不起这条裙子，实在是太抱歉了。”扬难过地说。他将克拉拉视作掌上明珠，没有人比他更想给女儿买一条漂亮的裙子，然而，他是真的负担不起啊。

商人犹豫了一会儿，他看了看红裙子，看了看神色黯然的扬，又看了看低着头的克拉拉，似乎下定了什么决心。

“别这样说，先生！”商人爽朗地笑了，“我是个做生意的，但我也有欣赏美的眼光。照我看来，您女儿简直是这个教区里最出众的美人，如果她都无法穿上这条红裙子，那么，就没有人有资格再穿上它了！这样吧，我愿意将这条裙子赠送给您的女儿——是的，无偿赠送，没有任何条件！我只是很想看看她穿着红裙子的模样！希望您喜欢这条裙子，美丽的小姐！”

扬和克拉拉都感到喜不自胜，他们攥着商人的手连连道谢，扬还请到了附近最著名的裁缝，对这条裙子进行进一步的剪裁，使它更适合克拉拉的身段。当克拉拉穿上这条裙子的时候，扬仿佛看到一朵玫瑰花盛开在自己面前，他简直都要喜极而泣了。

这次他们出门去教堂进行例行祈祷时，克拉拉就穿上了这条她最珍爱的红裙子，她迫不及待想要和朋友们分享她的欣喜。扬和卡特丽娜也陪在她的身边，有这么一个美丽耀眼的女儿，夫妻俩打心眼儿里觉得高兴。

每一个走进教堂的人都被克拉拉所吸引，他们从来没有见过这样漂亮的红裙子，也从来没有见过这样一个如玫瑰花般娇艳的姑娘，所有人的眼神中都充满了倾慕和赞叹之情。

“就算说她是地主富豪的女儿，我也完全相信！”富人家的儿子与他的同伴小声议论着，“瞧她的气质，可真是出众！只可惜她的父母都太穷了，不然，求婚的人简直要踩破门槛了！”

“唉，要是能让我拥有那样的容貌，我愿意付出任何代价！”富人家的女儿们双手托腮，忧郁地叹着气，“财富算得了什么，克拉拉虽然是个穷人家的女儿，却没有人比她漂亮。”

4

然而，克拉拉依然遭到了一些人的刁难。对她最不满意的就是教堂的副主教，他是个相当迂腐的老头儿，为人严肃，秉持着清苦的生活习惯，很不喜欢年轻人那些骄奢的习气。他在教堂里刚一看到克拉拉，就忍不住皱起了眉头。等到布道结束后，他将克拉拉叫到了一边，打算严肃地教导一下这个不懂事的小女孩。

“我们必须谈谈了，克拉拉。”副主教郑重地说，“你应当明白，每个人都有属于自己的身份，也有属于自己的着装风格。农民不能穿着一件属于牧师的袍子走来走去，而一位副主教也不应该穿着属于主教的圣装给人们布道。这个道理你是懂得的，对吗？你并不是富裕人家的孩子，你应当明白这一点。昂贵的绫罗绸缎虽然很漂亮，但是对你而言，这是不合适的着装。你不能只想着满足自己的虚荣心，还应该考虑考虑你父母，难道不是吗？”

这话实在太重了，克拉拉深深地低下了头，脸羞得通红，不断摆弄着自己的裙角。扬连忙替女儿说话，向副主教详细解释了来龙去脉。

“克拉拉从来没有乱花钱，她很知道为父母考虑。”扬说道，“这条裙子是一位善心的朋友送给她的礼物，请不要因此而责怪她。”

“原来是这样。不过，我仍然认为，贫寒人家的女儿不应该穿得太过张扬，这对她没有好处。由俭入奢易，由奢入俭难，如果一个女孩子穿惯了绫罗绸缎，她又怎么能安守贫困的生活呢？”副主教仍然很不认可。

“不，您说得一点儿都不对！”扬不高兴地嚷嚷起来，“怎么，您认为我的女儿是一个不懂事的虚荣孩子吗？不是的！她有一颗金子般的心，没有哪个姑娘比她更善良更懂事！您根本不了解她，不要对她随便下结论！”

扬的情绪有些激动，克拉拉连忙拉了他一把，冲他摇了摇头，同时对副主教露出了歉意的笑容。令她惊讶的是，副主教并没有生气，反而笑了起来。

“你的父亲的确非常爱你，克拉拉。”他点头说道，“来自父母的疼爱是最值得珍惜的，既然他们希望你穿着这条裙子，那么就尽情地穿吧！我相信，这就是你父母最希望看到的事情了！”

5

结束了日常祷告，扬、卡特丽娜和克拉拉踏上了回家的路。当他们回到家时，已将近中午了，克拉拉远远地就看到家门口站着两个人。

“咦？拉什·贡纳尔逊为什么站在我们家门口？”卡特丽娜小声嘟囔着。

“这还不好猜吗？他现在继承了艾里克的财产，成了新的农场主了。”扬不高兴地说道，“现在，他是我们的老板了。”

“那么，另一个人是谁？”克拉拉小声问道。

“那是小卖部的店员。”扬说，“以前，我和你妈妈经常去买东西，和他打过不少交道呢。”

拉什和小卖部店员站在扬的屋子门口，看着这一家人走近。两个人的眼神都显露出高高在上的优越感，仿佛不屑于跟扬一家人说话，扬也不愿意主动跟他们搭话。最后，他们几个擦肩而过，都没有吭声，像是谁也不认识谁。

等卡特丽娜忙着做午饭的时候，扬注意到那两个人依然站在门前，显然是有什么事。扬的心里七上八下的，他大概能猜到拉什的来意。作为新农场主，拉什对农场的一些老员工很不满意，扬就是其中之一，扬的年纪已经不小了，拉什早就想将他轰出农场了。

整个午饭期间，扬都心神不宁。好不容易咽下了最后一口饭，他注意到窗外的两个人走了过来，他们都皮笑肉不笑的，显然是不怀好意。

应该怎么办？扬的心怦怦直跳，满脑子胡思乱想，恨不得这就夺门而出。是的，带上几件随身衣服，出去躲一躲，等拉什离开了再回来，最好再带上克拉拉——克拉拉！

扬猛然回过神来，这才察觉自己的想法有多么荒唐可笑。他干吗要害怕拉什呢？自己根本没有什么对不起他的地方啊！况且，身边的家人都会成为他的依靠，尤其是克拉拉。看啊，她已经是一个了不起的大姑娘了，肯定能想出办法应付这两个人！

拉什和小卖部店员笑眯眯地走了进来，提高嗓音称赞着屋子里的家具摆设，称赞着克拉拉又长高了，又漂亮了。扬皱着眉头，始终没有搭话。拉什和小卖部店员交换了一下眼神，拉什陡然沉下了脸。

“别再装傻啦，扬！”他说道，“难道你不知道我们来这里的原因吗？哼！当初，我好心肠的岳父收留了你们，给你们一处房子栖身，你们以为这座房子从那以后都属于自己了吗？这可不合乎道理！别的不说，你们手里肯定没有地契吧？”

扬和卡特丽娜面面相觑，他们一下子就明白了拉什的险恶用心，他想要把他们赶出去，或者借此收一大笔钱！

“照规矩说，这块土地上的所有东西都应该属于土地的主人，房子也不例外。”拉什得意扬扬地说，“咱们商量商量吧，扬，别让大家为难。”

“强盗！小偷！你怎么可以做出这种事情！”扬还没来得及表态，卡特丽娜已经气愤地嚷了起来，“这是艾里克帮我们盖的房子，和你有什么关系？！你有什么资格赶我们走？！”

“不想走吗？那也是完全可以的。”拉什笑了起来，“只需要付一定的租金，你们就可以继续在这里住下去。我们是多年的老朋友了，我绝不会亏待你们，完全可以放心——我想想，十月的时候上交一百克朗，这总可以吧？我的条件一点儿都不苛刻啊！”

扬无言以对，他实在拿不出一百克朗啊！卡特丽娜看着他的神色，很快就明白了他的难处。她又着急又生气，眼泪已经涌了出来。

“你真是一点儿用处都没有，连一百克朗的积蓄都没有，我怎么嫁了个你这样的丈夫？！还有你，拉什，你这可恨的强盗，你早就觊觎我们的房子了……”

“觊觎你们的房子？我？觊觎你们这两间破破烂烂的小木屋？”

拉什笑了起来，“别误会，夫人，我对你们这可怜的房子一点儿兴趣都没有，我只在乎我的土地，这是属于我的合法财产。”

卡特丽娜哑口无言，她只能心烦意乱地嚷嚷：“你不能就这样赶走我们！绝不能！如果艾里克知道——唉，可怜的艾里克！如果他还活着，绝对不会这样对待我们的！”

拉什瞪起了眼睛，他还没来得及说话，小卖部店员就走了过来，插嘴道：“太太，老板让我把你们的账单拿过来，赶紧把欠账结一结吧。”

卡特丽娜已经没有力气说话了，她接过了小卖部店员递来的账单，但是一看见那些密密麻麻的数字，她就觉得头晕眼花。克拉拉接过了账单仔细计算，最终算出来的数字吓了扬和克拉拉一跳——他们居然欠了一百多克朗吗？他们完全没想到居然欠了这么多！

卡特丽娜扑通一声跌坐在地，喃喃地说：“你们早就想好了，你们合起伙来，就是想把我们轰出去……我们都是认识多年的老邻居了，为什么要做得这么过分呢？如果收走了我们这座房子，我们一家人就只能流落街头了啊！”

“我必须重申一遍，太太。”拉什拖长了腔调，慢悠悠地说道，“我对你们这座房子一点儿兴趣都没有，我之所以过来，也是想要寻求一个大家都满意的解决方法。”

“这么说就能为你的强盗行径开脱吗？”卡特丽娜气愤地说道，“等着瞧吧！我们绝对不会放弃自己的家，不管发生什么事情！”

扬暗暗地点了点头，他认为妻子的态度非常正确，虽然他们的家只是两间简陋破旧的小木屋，但是对于他们一家人来说，这是最好的栖身之所，怎么能随随便便拱手交出呢？然而，扬也不知道该怎样应对拉什和小卖部店员，他沉默着，在屋子里踱来踱去，不断抓着自己的头发，时不时看一眼身旁的克拉拉。

拉什发现这一家人实在想不出办法了，他决定宽限他们一段时间，顺便给自己博一个好名声。

“这样吧。”他趾高气扬地说道，“我也看出来你们现在实在拿不出钱，我可以宽限到十月。十月我会再来一趟，要么交给我一百克朗，要么你们收拾行李准备搬家。我会和小卖部老板打个招呼，让他也把要账的日期宽限到十月。这样对你们算是仁至义尽了吧？”

拉什和小卖部店员对视一眼，两个人大摇大摆地走出了扬的家。他们一出门，克拉拉就忍不住了，她一把攥住了扬的手，用力地摇着：“我们必须得想个办法了，爸爸！让我出去工作挣钱怎么样？现在距离要账的日期还有一百多天，在三个月里筹集二百克朗，我一定能想办法做到的！”

跌坐在地上的卡特丽娜抬起头来，眼睛里出现了一丝光亮，是啊，克拉拉又聪明又能干，一定能设法筹集到足够的钱！她飞快地点点头：“这是个好办法！扬，你怎么想？”

妻子和女儿都期待地盯着扬，扬愁眉苦脸，长叹了一口气。尽管他相信克拉拉的能力，也知道这是现在唯一的办法，可他还是很不情愿。克拉拉是他最钟爱的女儿，也是他枯燥人生中的唯一慰藉，如果连这个乖巧懂事的女儿都必须离开他外出打拼，那么他的人生将会变得多么灰暗啊！然而，现在又有什么其他的办法呢？

找人借钱吗？在这个贫穷的村落里，家家的日子都过得紧巴巴的，哪怕是借一碗面粉，也需要考虑再三后再开口，借钱这件事更是难上加难。那些富人是绝对不会借钱给穷人的，因为富人可不愿意做吃亏又没有回报的事情，即使那些富人愿意拿出一点儿钱来接济，克拉拉的尊严也会受到伤害，扬是不会允许这样的事情发生的。

或者扬出去工作吗？扬不年轻了，到其他地方也不一定能比在这里打工赚得多，离开这个生活多年的地方、离开这个家，他想都不敢想。

想到这儿，扬手足无措地摸了摸自己的口袋。如妻子所说，他现在确实连一百克朗的积蓄都拿不出来。十多年来，虽然扬一直勤勤恳恳，但他做的都是简单重复的工作，因此收入微薄，每个月的工资仅可以维持家中食物的开销，有积蓄无异于天方夜谭。妻子偶尔也会织纱换钱，但那只是杯水车薪。

克拉拉看出了扬的局促，这是克拉拉第二次感受到贫穷的可怕。贫穷会让人失去谈判的底气，贫穷也让人不得不做出取舍，舍去享受亲情或者快乐的机会。因此，穷人没有退路，要么等着被贫穷打败，要么选择把贫穷打败。克拉拉想出去看一看，看一看那些把贫穷打败的人是怎么做的。

克拉拉将母亲从地上扶起来，拍了拍她衣裙上的尘土。卡特丽娜背过身，抬手抹去了眼角的泪水，对克拉拉说：“你真的想好了吗？”

克拉拉拍拍母亲的手背说：“别担心，你们的女儿可是克拉拉呀。”

6

第二天，扬早早就出门了，卡特丽娜要求他前去拜访卡尔·卡尔逊，咨询一些关于房屋产权的法律问题。

在他们这片教区，卡尔·卡尔逊是一位德高望重的人物，他熟悉所有的规章条例。他是一名议员，能力出众，性格干练，能够帮助人们解决一切法律问题。最难得的是，他非常懂得人情世故，凡是向他寻求过帮助的人，都对他赞不绝口。

不过，扬从来都没和他打过交道。他只是个普普通通的小老百姓，一想到要跟那位大名鼎鼎的议员老爷说话，就紧张得浑身发抖。

“要是我腿软站不住，那可怎么办？”他自言自语地说，“要是我一见到他，就慌得说不出话，又该怎么办？他会不会看不起我？会不会叫人把我轰出门去？唉，唉，这可真让人头疼！”

胡思乱想对于解决问题没有一丁点儿的帮助，这一点扬也明白，因此，最终他还是收拾好心情，大步向着卡尔逊议员的家里走去。只是，当穿过茂密的森林，看向前方的小山时，他又忍不住走神了。

“如果我带着克拉拉一起来，一定就不会像现在这么心慌了吧……唉，可怜的姑娘，她现在心里肯定很难受。”

扬临出门时本来要和克拉拉打招呼，可是他在房子里转来转去，始终没有找到她。也许她也早早出门散心了吧。扬忍不住叹了一口气，他知道，家里的事情一定也让女儿心烦意乱。谁能想到事情会变成现在这副模样呢？

扬摇了摇头，迈着沉重的步伐向山上走去，他刚踏上林间小道，就听见远处传来了一阵欢快动听的歌声，有个女孩子在唱歌！她的嗓音清脆又熟悉，怎么这么像克拉拉的嗓音？扬惊讶地探头张望，却没有看到克拉拉的身影，难道是他听错了？不，歌声是从山上传来的！扬连忙快步向山上走去，他一定要瞧瞧是谁在唱歌。

扬跑出树林，费力地拨开面前的荆棘和灌木，一边走一边环顾四周，女孩的歌声依然从前方不远处传来，但是扬始终没能看到她的身影，她可能是藏在树林里，一边唱一边向前走。要想找到那唱歌的女孩，扬爬山的速度必须比她更快才行！

扬深吸了一口气，沿着小道开始全力爬山，他年轻时曾经走过无数次山道，向来是最敏捷的那一个。但是现在，扬惊讶地发现，即使他已经使出了浑身解数，那个唱歌的姑娘始终领先于他，从她的歌声中听得出来，她的气息很稳，她一边爬山一边唱歌也是游刃有余的呢！

难道他真的已经成了一个没用的老头子了吗？扬黯然地想着，无法挣钱养家，无法保住他们唯一的房子，现在，就连爬山速度也比不过年轻人了。扬没有停下脚步，依然喘着气努力前行，但是渐渐地，他觉得呼吸困难，不得不放慢了脚步。这下，只怕是要被那唱歌的姑娘越甩越远了，扬遗憾地想，可他仍然在向着歌声传来的方向缓步前行着，始终没有停下。

7

大森林里的声音可不少，鸟叫声、虫鸣声、树叶窸窣声、流水潺潺声，在这些声音的掩盖下，女孩子的歌声越来越远，渐渐听不清楚了。但是扬依然在努力地侧耳分辨着，向着歌声所在的方向前行。扬也不知道自己为什么这么执着，他只知道，他非得找到歌声的主人不可，否则他接下来肯定会寝食难安的。

扬费力地喘着粗气，拨开前方的树枝，他总算爬上了这座山的山顶，前方就是一片空旷的山地了。他探头看去，不由得愣住了。山顶上的姑娘穿着一条火焰般的红裙子，那不就是他的女儿吗！克拉拉就站在山顶，夕阳的余晖照在她身上，没有哪个仙女会比她更加美丽。

克拉拉丝毫没有听到扬的脚步声，她正沉浸在自己的世界里。她沐浴在温暖的晚霞中，尽情地眺望着山下的村庄与教堂，聆听着溪水流淌的声音，嗅闻着空气中的花草香气。歌声不知何时已经停止了，因为克拉拉已经完全忘记了歌唱，她向着前方伸开了手臂，想要拥抱森林与大山，想要将自己对自然的满腔爱意倾诉出来。她多么热爱这个世界啊！她多么盼望走出村庄、走出大山，去外面看一看啊！

扬久久地站在树林中，凝望着女儿的背影，半天都没有说一句话。他没有上前和克拉拉打招呼，而是悄悄地转身离开，沿着山道走了。他完全忘记了要去找卡尔逊议员咨询房产相关的事，一直都在胡思乱想，等他回过神的时候，才发现天已经黑透了。

“你怎么这么晚才回来？！”一进门，卡特丽娜就冲他嚷道，“你见到卡尔逊议员了吗？他怎么说？有没有说拉什是个恶棍？他建议我们怎么做？”

面对卡特丽娜连珠炮似的问话，扬一句话也答不出来，他的耳边依然回荡着克拉拉的歌声。扬颓丧地摇了摇头，对卡特丽娜说道：“算了吧。”

“什么……什么算了吧？你在说什么呀？”卡特丽娜惊讶极了，她一把拽住了扬的袖子，这才发现扬的衣服上到处都粘着泥土和草叶，“到底发生了什么事呀？你从山上摔下去了吗？你没见到卡尔逊议员吗？”

扬只是摇头，他一句话也不想对妻子说了。卡特丽娜急匆匆地转身出去，她决定去给扬找个医生来，她敢确定，扬这副样子肯定是病了！

扬没有叫住卡特丽娜，他心事重重地走进了自己的房间，一声不吭地栽到了床上，闭上了眼睛。他的胸口仿佛压上了一座大山，让他喘不过气——从克拉拉的歌声里，扬意识到他必须面对和克拉拉分别的现实了，他捧在手上悉心呵护的女儿已经长大成人了，而她最大的愿望就是想要离开家，看看那外面的世界！作为父亲，扬的心都要碎了，然而，他又怎么忍心阻止克拉拉呢？

克拉拉或许厌倦了待在这个贫穷的小村落，她或许还觉得这个家给了她太多的束缚，这些是扬从女儿的歌声中听出来的。年少时期的扬也曾这么想过，但直至现在，扬都没有为此付出行动，他一直觉得自己就是长在村里的人，在这里生活就是最好的安排。现在他年纪已经很大了，去外面看看的想法就更不可能实现，外面的世界到处都是无法预料的事情、无法应付的人情世故，扬觉得现在的自己远不如女儿那么勇敢。

扬舍不得女儿离开这个家，他根本无法想象克拉拉离开后，这个家里会有多么冷清。在克拉拉成长的十七年里，女儿就是扬努力生活的全部意义。但作为父亲，扬又怎么忍心让女儿的愿望落空呢？扬换了一个角度安慰自己，克拉拉只是去工作三个月，让女儿去外面看看也许并不是坏事，这样也许会让女儿对这个家有所留恋。发现女儿的心事之后，扬比平日里更沉默寡言了。

克拉拉直至离家时也没有察觉到父亲已经发现了自己的秘密。

8

时间过得很快，眼看就到了克拉拉离开家的日子。明天一早，她就要启程前往斯德哥尔摩了。扬一整天都没怎么和女儿说话，他始终在忙着干活儿。从天蒙蒙亮开始，他就忙活着捡柴火、劈柴、摆弄木匠工具，修整鱼竿、鱼线，缝补破旧的渔网。

前来与克拉拉道别的人们都感到非常惊讶。所有人都知道，扬对他的这个女儿简直是视如珍宝。现在克拉拉就要离家远行了，扬怎么没有表现出一点儿伤心失落的样子呢？

只有扬自己知道，他已经伤心失落到了极点，一颗心已经麻木了。

自从那天他在山路上听到了克拉拉的歌声，看到她站在山顶拥抱大自然的身影时，扬就已经明白，克拉拉不可能永远只是他身边乖巧的小女儿，她有她自己的志向，有她自己要走的路，扬不能将她禁锢在自己的怀抱中。在那一刻，扬简直是心痛欲绝。也是从那个时候开始，扬就感觉到自己再也无法表达喜悦和悲伤了，他仿佛变成了行尸走肉。

他的这间小屋从来没有这么热闹过，无数的客人登门为克拉拉送行，他们拉着克拉拉的手滔滔不绝地说着话，嘱咐她要照顾好身体，嘱咐她要经常找人捎信回来。扬置身于这群客人之中，连手脚都不知道该往哪里放。最后，他索性逃出了屋子，在院子里忙忙碌碌，想用繁忙的工作来掩饰自己的悲伤。

卡特丽娜在厨房里忙着为客人准备点心，咖啡的香味从屋子里飘了出来，同时飘出来的还有女孩子们的啜泣声。她们舍不得与好朋友克拉拉分别。扬侧耳仔细听了一下，他发现克拉拉也在哭。

“可是，哭又有什么用呢？”扬摆弄了一下自己手里的木匠工具，做出一副毫不在乎的模样，劝自己道，“难道哭就会让她留下来吗？不可能的。我知道现在的年轻人，什么也不能改变他们的想法！事情既然到了这步田地，我们又何必跟他们一起伤心呢？在大自然里，这样的情况比比皆是啊！老鸟甚至会将小鸟推出鸟巢，逼迫它们学会飞行、学会自己觅食呢！教育孩子就是这么一回事，可别狠不下心！如果一味心软溺爱，最后只能让孩子变得懒惰愚蠢，那就糟糕了！”

扬一边干活儿，一边咕咕哝哝地对自己说着话，还时刻注意着屋子里的动静。客人们逐一告辞，小屋内外又恢复了安静。扬探头向窗子里看了看，他现在还不想进屋，因为他不知道该怎样面对心爱的克拉拉。扬坐在原地，心神不宁地摆弄了一会儿手里的鱼竿和鱼线，竖着耳朵倾听屋子里的声音。现在已经很晚了，或许，卡特丽娜和克拉拉已经睡着了？如果这时候他悄悄进门，应该不会吵醒她们吧？

扬小心翼翼地站起来，蹑手蹑脚地走到了房门边，将门推开了一条缝儿。令他惊讶的是，妻子和女儿都还没有睡呢。桌上点着一盏昏黄的灯，卡特丽娜正在灯光下替克拉拉收拾行李，克拉拉坐在桌前，枕着自己的胳膊，满脸泪痕。

“别再忙着做这些事了，妈妈！”克拉拉拖着哭腔小声说道，“您没有发现吗？爸爸一整天都没有说话了！我知道他在生我的气，他不愿意让我出去工作挣钱。”

“你爸爸知道你应当做什么。”卡特丽娜劝道，“况且，这都是为了我们这个家，他一定会理解的。”

“您根本就不知道问题的关键。”克拉拉说着，眼泪又流了下来，“在爸爸心中，他不会将房子看成头等大事，他会将我的感受看成头等大事。我就要离开他了，他一定在为此而难过呢……可是，可是，我也没有其他办法啊。”

克拉拉将脑袋埋进了臂弯里，这可怜的姑娘小声抽泣起来。

“我们的债务实在是太重了，我必须设法筹到两百克朗才行。爸爸会明白我的想法的，对吗？唉，可怜的爸爸……我知道，他心里是非常疼爱我的，我知道！”

扬静静地站在门口，他听着女儿的抽泣声，双脚仿佛重逾千钧，他没有力气走进房门。他明白，女儿已经到了长大成人的年纪，他无法阻拦她的脚步，只能站在原地，目送着她的身影前行。

“去吧，我的女儿，我的阳光，我最心爱的克拉拉。”扬在心中喃喃地说道，他感觉到自己的那颗心重新恢复了温暖，他们父女都明白对方的想法，他和克拉拉之间的关系一如既往，“往前走吧，寻找属于你的路吧，老爸会在这里为你祝福的！”

9

尽管扬的心中有一万个不愿意，但他也无法阻挡时间的流逝。天亮了，到了克拉拉动身的时候。扬觉得自己的心仿佛失去了跳动的力气。女儿远去了，他的心也变得冰冷。

轮船渐渐驶远，克拉拉冲他们挥手的身影也越来越小，最终消失不见。扬和卡特丽娜站在码头上，好半天都没有说话。他们夫妻间早就已经无话可说了，他们所有的话题都是克拉拉。现在克拉拉离开了，扬和卡特丽娜看着彼此，都觉得索然无味。

“我跟这个无趣的男人到底有什么话可说呢？”卡特丽娜叹了口气，百无聊赖地想着，“他说不出一句好听的话，一天到晚只顾着埋头干活儿，要是能把他轰出家门，我反倒能清净不少！唉，幸亏克拉拉的脾气好，愿意经常陪他聊天。换了我，我可不想搭理他！”

扬看了妻子一眼，也没有一丁点儿好脸色，他心里一直在想：“真糟糕！从今往后，我就必须天天对着这个女人了！就连和她同走一段路，对我来说都是莫大的折磨！唉，要是克拉拉在这里就好了，她能哄得卡特丽娜开开心心，我可没有这样的本事！”

忽然，扬俯下身子，探着头看向了不远处的水面，忽然眼睛一亮。卡特丽娜瞧见了他的这副模样，感到十分好奇。“老头子在看什么？”她奇怪地想，“那不就是一片水吗？什么也没有呀！可是瞧瞧他的这副模样吧，他这副兴高采烈的模样可难得一见，平时，只有在克拉拉陪着他的时候，他才会露出这副神情！”

扬仍然在聚精会神地盯着水面，不断做着奇怪的口型，仿佛正在和一个看不见的人进行无声的交谈，说着说着，他还露出了心满意足的笑容。看到他这奇怪的神情，卡特丽娜觉得浑身发毛，她用力拽了扬一把，嚷嚷道：“你在做什么呀，老头子！”

然而，扬并没有回应她，他胡乱冲她摆了摆手，注意力仍然集中在水面上。他的目光渐渐放远，就像是水面上那个看不见的“东西”正在随水流远去一样。扬冲着水面的方向不断挥手，直到那个“东西”消失在了他的视线尽头，他才回过头来，看向自己的妻子。

“刚才，你肯定摸不着头脑吧？”扬笑嘻嘻地对着卡特丽娜说道，“我刚才看见克拉拉了，你肯定什么都没看到，对不对？”

“你在胡说什么呀？刚才你蹲在水边发愣，自言自语！”卡特丽娜生气地说。

“不，不，你听我说。”扬挑高了眉毛，笑嘻嘻地说，“的确是克拉拉回来了，她借着水波回来对我说了一句话，她说，她还有许多事情放心不下，需要嘱咐我们哩！”

“就算克拉拉回来了，我怎么可能看不到！你别信口开河！”卡特丽娜不满地说。

“我怎么可能对与克拉拉相关的事情信口开河？”扬也不高兴了，“我说她回来了，她就是回来了！”

“我的老天爷，你简直是疯了！女儿刚走，你就满口都是胡话。”卡特丽娜高声喊了起来，“你说她借着水波回来给你传话啦？只有你听到啦？我就在你旁边，我可什么都没有看见！”

“信不信由你，克拉拉对我说了很多话呢，你听听就知道了！”扬的神情相当认真，他一字一顿地说道，“克拉拉说，她知道爸爸妈妈经常会吵架，劝我们对彼此都包容一些。她说，她非常喜欢家里过去的氛围，喜欢我们一家人手拉手外出买东西的时光，所以她嘱咐我们，一定要努力维持好彼此的关系，等她回来的时候，她还要和我们一块儿出门逛逛呢！”

“噢！天哪！噢！我可爱的克拉拉！”卡特丽娜简直感动得要掉下眼泪来了，“我现在有点儿相信了！我敢保证，你这个古板无聊的老头儿是说不出这样一番动人的话的！难道真的是克拉拉回来了吗？难道她真的对你说了这些话吗？”

“那还有假？你早就应该相信我！”扬不服气地说，他一把攥住了卡特丽娜的手，握得紧紧的，“我们就这样回家吧，一定不能吵架啊，不然就会让女儿对我们感到失望了！刚才克拉拉专门嘱咐我，让我经常拉一拉你的手。”说到最后，扬自己也有些不好意思起来。他的手是一双常年做粗活儿的手，又粗又硬，遍布伤痕和老茧，可正是这一双历尽沧桑的手，代表了温暖与可靠。卡特丽娜紧紧地握住了他的手，眼中也泛起了泪光。

“好吧，好吧。”她说道，“不管是女儿真的借着水波回来传话了，还是你胡说八道，总之，我愿意相信你。克拉拉那么温柔懂事，肯定希望她不在家的时候，爸爸妈妈能够好好地生活。那么，我们就好好相处吧！对彼此多一些宽容和耐心，千万不要让女儿为我们担心。”

克拉拉乘坐的轮船早就已经驶远了，码头附近也没有其他的人。夫妻俩互相点了点头，手拉着手踏上了回家的路。

克拉拉离开的第一晚，扬根本没办法睡着，他的耳边总能传来鸟类或虫类的鸣叫，吵得他一直翻来覆去，卡特丽娜也被扬吵得无法入睡，夫妻俩干脆坐了起来。

第二天天还没亮，扬就跑到了农场干活儿。卡特丽娜看着空荡荡的家，也没有心情做早餐，她将克拉拉没带走的衣裙仔细叠好装进了箱子里，把克拉拉日常的生活用品擦拭干净后也放进了箱子里。虽然这些东西都不值钱，但克拉拉回来时还会用到。

克拉拉的东西快收完时，卡特丽娜感觉到脚边传来一阵温热。原来是克拉拉之前收养的小猫不知从哪里跑了出来，那只小猫围着卡特丽娜的脚边转了一圈，便坐下伸出舌头舔起了爪子上的毛。它平日总喜欢躲在角落或箱子里睡觉，现在估计是饿了，才跑出来。

卡特丽娜温柔地摸了摸小猫的头，有些无奈地笑了笑：“我怎么忘了你这个小家伙。”卡特丽娜还是做了早餐——不过是那只小猫的早餐。

扬工作到很晚才回家，匆匆吃过晚餐就去休息了，大概是因为太过劳累，扬这天晚上鼾声如雷，卡特丽娜在模模糊糊中还看到扬在睡梦中露出了微笑。

扬梦到离家的克拉拉回来了，克拉拉正站在轮船上向他招手，扬站在码头上也挥着手臂回应着。当轮船靠岸时，克拉拉提着行李箱，穿过拥挤的人群，快速跑到了扬的面前，克拉拉仿佛又变回了冬夜里在家门口等她回家的女儿，她那么小，那么轻，扬将她举起来转了好几圈。卡特丽娜已经做好了丰盛的晚餐，正站在桌前摆放餐具，克拉拉和扬回来后，屋子里一下子又热闹了起来。

但扬的好梦被早晨的阳光打破了，他只好起床去农场干活儿。推开家门时，克拉拉留下的那只小猫正在门前的楼梯上打滚儿，这让他更加想念克拉拉了。扬不再看那只小猫，快步离开了家，农场还有很多工作没做呢。

以前扬在农场干活儿时，是克拉拉和妻子等待他回家，现在换他和妻子等克拉拉回家了，等待确实会让人心乱如麻。

扬在闲暇时总忍不住想：“克拉拉现在在哪里呢？有没有按时吃饭呢？有没有找到工作和住的地方呢？克拉拉第一次离家这么远，会不会不习惯呢？”

扬偶尔也会到码头看一看，码头每天都有轮船来停靠，但是没有一艘轮船载着他的克拉拉回来。

第五章 克拉拉离开的日子

1

克拉拉离家以后，扬无时无刻不在思念着她，他数着日子度过了一天又一天，很快，克拉拉已经离开两星期了。

这天早上，扬照例去农场附近干活儿，他今天的任务是修理栅栏，确保农场里的动物不会从栅栏的缝隙逃脱。就在他忙得满头大汗的时候，森林里忽然传出一阵尖锐的动物叫声。

糟糕！扬手里的木匠工具掉到了地上，他知道这种叫声意味着什么，肯定有动物的生命受到了威胁！扬顾不得其他事情，急匆匆地向森林跑了过去。果然不出他所料——拉什最宝贝的那头母牛在森林里迷路了，一脚踩进了一片沼泽地里，因为不停挣扎，它在沼泽地里越陷越深，就快没命了！

可别小瞧了这头母牛，为了买下它，拉什足足花费了两百克朗。扬皱紧了眉头，他知道自己必须得想办法救出这头牛不可。可是，母牛已经陷到了沼泽地深处，凭扬一个人的力气，实在无法救出这头牛。

他转身跑到了农场边，喊来了几个一同做活儿的雇工，大家群策群力，终于七手八脚地将母牛救出了沼泽地。

“太谢谢你们了！”大家齐心协力地将母牛送回农场，交给了艾里克太太，艾里克太太向他们逐一致以谢意，“都进来喝杯热咖啡，歇歇脚吧！”

扬觉得自己做了一件了不起的大事，心里非常高兴。别的不说，这头母牛可抵得上两百克朗呢！拉什一定会对他千恩万谢，说不定还会给他点儿什么奖励。就算没有奖励，之前的账目总可以一笔勾销吧？说不定他晚上就可以给克拉拉写信，让她尽快回家，不必再为家里的欠款而发愁了！

扬一边喝着香醇的咖啡，一边美滋滋地畅想着以后的生活。雇工们七嘴八舌地说着话，所有人都对扬的勇敢行为赞不绝口。然而，拉什和他的妻子始终阴沉着脸，一言不发。

扬看了看他们，心里并不在意。就算拉什有什么不满，也无法改变他救了母牛的事实。无论如何，他都能保下自己的房子，让克拉拉尽快回家，对他来说，这就足够了！

所有人都等着拉什开口说点儿什么，但是拉什只顾着喝咖啡吃点心，仿佛一点儿也没把扬的付出放在心上。最后，就连艾里克太太都看不下去了，她主动握了握扬的手，郑重地说道：“亲爱的扬，我真不知道该怎样感谢你！如果没有你，我们这头母牛就会死在沼泽地里，两百克朗就全都打水漂了！我们全家人都应当好好谢谢你才对！我再给你倒杯咖啡吧，好吗？”

艾里克太太已经抛出了这个话题，拉什就不能再对此不理不睬了。所有人都瞄着拉什，想看看他的反应。

拉什扫了一眼周围的人，从鼻子里哼了一声，似笑非笑地盯着扬看。

“救了我们那头价值两百克朗的母牛，是吗？真是了不起！难道就没有人跟我一样感到奇怪吗？扬欠了我们二百克朗，找他要账的事过去没几天，他就碰巧救了我们那头价值两百克朗的母牛！怎么会有这么巧合的事情？我可不相信！”

扬脸色一沉，他意识到了拉什不仅不会感恩，还打算血口喷人。果然，拉什紧盯着扬，用恶毒的口气说道：“我猜，这一切都是有人事先计划好的！他故意将我们的母牛引到森林里，故意将它推进沼泽地，等到它实在无法挣扎出来的时候，再叫人帮忙，最后得意扬扬地等我们对他千恩万谢！呸！我才不会上当呢！”

扬简直无法相信自己的耳朵，世界上怎么可能会有这么卑鄙无耻的人？！他紧攥着桌子角，眼中的怒火几乎要蹿出来了：“你怎么能这么说？！你怎么能用这么恶毒的想法来揣测我？！你以为我和你一样，是个彻头彻尾的小人吗？哼，我可知道你干过的那些缺德事儿！去年冬天，你……”

扬的话还没说完，窗边的艾里克太太忽然站起来，她打断了扬，叫道：“扬，你瞧！是你的太太过来找你了吗？她还带着一封信呢！”

扬一下子忘了自己要说的话，一封信！肯定是克拉拉给他们寄来的信！自克拉拉离家以后，扬和卡特丽娜还没有收到过她的任何消息呢！扬不愿错过女儿的信，因此，他也没有心情继续和拉什争吵下去了。他气愤地瞪了一眼拉什，一把推开了面前的桌子，昂首离开了拉什家，快步向着妻子迎了过去。

卡特丽娜看着扬怒气冲冲地从农场里出来，便询问扬发生了什么事。扬并不想谈起刚刚那件令人生气的事情，赶紧向卡特丽娜确认是不是克拉拉来的信，卡特丽娜点点头，将信交到了扬的手中。

看到克拉拉写的字时，扬捏住信的双手莫名有些颤抖。克拉拉的字清秀可爱，当年她刚上学时，扬可是陪着她写过不少字呢。信纸上的那些字仿佛有魔力，一个个跳上扬的指尖，再越过扬的肩膀，跳进了扬的眼睛里，可是他并不能完全认识这些字，他需要找人帮忙。

扬让卡特丽娜先回家，然后他急匆匆地拿着信跑到了东庄小学的门口，等着邻居家的孩子下课，希望邻居家的孩子能帮他念一念克拉拉写来的信。

扬回到家后，卡特丽娜赶紧给他倒了一杯水。

“扬，你快说说，克拉拉在信里写了什么？”

“克拉拉说她现在一切都好，让我们不用担心。她下轮船后不久就开始四处找工作，后来她遇到了之前送她红裙子的那位商人。那位商人的一位朋友正好在招人，所以克拉拉现在已经找到了工作。克拉拉还让我俩好好生活，安心等她回来。”

“是吗？那克拉拉还说什么了？她有没有说她的工作怎么样？她现在在哪儿？”卡特丽娜焦急地问，微风把几缕发丝吹到了她的嘴边，她都没有理会。

“没有了。克拉拉那么聪明漂亮，我相信我的女儿一定能把每一份工作都做好。信封上的地址并不详细，别担心，克拉拉从不会食言，她会回来的。”

“但愿如她所说，一切都好。”

扬已经忘记了今天早上被拉什为难的事情，他拿着克拉拉的信一遍又一遍地看。卡特丽娜被他傻里傻气的样子给逗笑了，那信纸上总共就这么几个字，看一百遍也不能看出其他的内容来。

此后，扬每次干活儿回来都要把信拿出来看一看，再请邻居家的孩子读一读。他怕把信纸揉坏了，每次看完后总要用一个小盒子将信装起来。

2

八月很快就到了，克拉拉离开家一个月了。这天傍晚，一个男孩徘徊在扬的家门口，扬认识这个男孩，他的名字叫作奥古斯特·戴尔·诺尔。

奥古斯特的父亲是当地有名望的富人，他自己也天资出众，聪明伶俐，认识他的人没有不夸赞他的。奥古斯特年龄虽小，却已经时常跟着父亲外出工作、积累经验了。一个月前，奥古斯特就跟随父亲出门了，前两天才回来。在和母亲的闲谈中，奥古斯特得知，他的朋友克拉拉家遭遇了一些变故，克拉拉不得不离开家外出打工，设法筹钱。

奥古斯特的母亲还没说完，奥古斯特就已经冲出了家门。他一路飞跑，找到了克拉拉的家。直到这时候，他才猛然回过神来，就算进了门，他又该对克拉拉的父母说些什么呢？奥古斯特感到很难为情，他在门口转来转去，不知道该怎么办。

卡特丽娜也注意到了这个古怪的小伙子，她故意出门打水，试图和这个孩子搭上几句话。可是，奥古斯特只是低着头，并不搭腔。

傍晚时分，扬完成了一天的工作，往家里走去。他一眼就看到了在门口徘徊的奥古斯特，而奥古斯特则慌忙地躲到了大树背后。扬假装自己什么也没看见，大步走进了家里。

“这日子可真是舒服呀，是不是，卡特丽娜？只可惜克拉拉不在我们身边，否则的话，简直就是神仙日子了！唉，我真是想念克拉拉，要是有人能帮我们再读读她写的信，那就更好了。”

“还要让人读克拉拉的信呀？”卡特丽娜笑了起来，“邻居家的孩子天天被你叫来读信，早就烦了！这封信你已经翻来覆去读了很多遍，就不觉得腻吗？”

“怎么可能？！”扬嚷道，他刻意提高了音量，“那可是克拉拉写的信啊！无论听多少遍，我都不会觉得腻！说真的，如果现在能出现一个人帮我读信，那就太好了！”

他刚说完，奥古斯特就敲响了他的家门。扬打开了门，看到门口这羞涩的小伙子，立刻笑了起来。

“是你呀，奥古斯特！你来得正好！我正愁没有人帮我读信呢，你会帮我的，是不是？克拉拉已经离家出去打工一个月了，我想，你一定也想知道她的近况吧？”

奥古斯特点了点头，当即走进门来，接过了扬向他递来的信。奥古斯特读信时满怀感情，等他读到结尾的时候，扬忍不住连连点头。

“我太喜欢听你读信了，小伙子！你可以再读一遍吗？我真是听不够！”

奥古斯特非常爽快地答应了，他认认真真地又读了一遍信，随后小心翼翼地折起信纸，装进信封，将信还给了扬。他在扬的家里拘谨地坐了一会儿，就起身打算告辞。扬又一次叫住了他。

“我有点儿事情想要托你帮忙，小伙子。”扬说道，“克拉拉有一只非常喜欢的宠物，是一只漂亮的小猫。她离家以后，我和她的妈妈都没空照顾这个小东西，你可以帮帮我们吗？我敢保证，克拉拉一定也会感激你的！”

“当然没问题！”奥古斯特眼睛发亮，兴冲冲地点了点头。

扬让卡特丽娜把克拉拉的小猫找出来，装进篮子里交给奥古斯特。扬笑着说：“谢谢你了，小伙子，你可帮我们解决了一个大问题。”

“不，应该是我谢谢您才是！”奥古斯特攥紧了扬的手，激动地说，“您帮了我太多了！我真不知道该怎么对您说……”

“那就用不着说了。”扬笑了，“我曾经也是一个年轻小伙子呀，有什么是我不懂的呢？快回家吧，小伙子，你家离这儿可远着呢，我当然明白你是为了什么跑过来的。”

3

八月快结束了，扬和卡特丽娜并没有等来克拉拉的第二封信。克拉拉寄来的第一封信的信纸已经有些毛糙，折痕快要把信折断了，邻居家的小孩已经能把那封信倒背如流了。

最近，村里那位年轻的信差有些苦恼，因为他经常会遇见一个衣衫褴褛的老人，那老人总拉着他问有没有克拉拉写来的信。有时候老人出现在农场，有时候在村口，有时候在小溪边，如果每天和他周旋，那么自己的工作量将会增加很多。

扬算算日子，总觉得克拉拉应该写信回来了，但每次从信差口中得到的都是“没有”这个回答，有时候他还没将问题问出口，信差就扔下一句“没有”急匆匆地走了。后来扬也不问了，没必要再等信了，克拉拉的归期近了，只要克拉拉回来了，很多话就可以当面说。那张薄薄的信纸可能装不下女儿要说的话，女儿也许是因为这个原因才没写信回家。

扬空闲时就听着家里的钟声，他总感觉那钟表的针似乎走得有些慢。扬觉得克拉拉回来时一定会很消瘦，她还会给他和卡特丽娜一个大大的拥抱，到时候一家三口又能从码头的那条路上一起手牵手回家。

十月到来之前，扬将家里的被子晒了晒，还买了一些女儿爱吃的食物。卡特丽娜将箱子里属于克拉拉的生活用品一件件拿出来放好，并将克拉拉的衣裙重新洗了一遍。

扬和卡特丽娜一天天算着日子，终于等到了十月一日这一天。一大清早，扬和卡特丽娜就迫不及待地出了门，去码头上等待克拉拉回来时乘坐的轮船。尽管克拉拉在信中并没有明说，但她一定会在这天回来的，扬和妻子都深信着这一点。因为按照他们和拉什之间的约定，十月一日就是上交二百克朗的日子。克拉拉一定也记着这个日期吧？扬相信她一定记得。

扬并不在乎克拉拉有没有赚够钱。就算她没有赚够，那又怎么样呢？让她在三个月内赚够二百克朗，这个要求本来就很苛刻。扬什么也不在乎，他只希望心爱的女儿能够早些回到他身边来。

“让我告诉你吧。”扬对着卡特丽娜絮絮叨叨地说，“我猜克拉拉一定会非常难受的，年轻人都是这样，出了门才知道赚钱不容易。可是这又有什么关系呢？就算她没有赚够二百克朗，也是非常正常的事情。我担心的是，她一定会觉得自己辜负了爸爸妈妈的希望，心里一定会难过。唉！其实我只希望她开心快乐，别的一点儿都不在乎！”

扬紧盯着远方的轮船，努力在人群中寻找着克拉拉的身影，他找来找去，却越来越灰心。没有，没有，轮船上来回穿梭着的都是西装笔挺的男人，连一个年轻女孩的影子都没有。轮船拉响汽笛，渐渐驶远了，码头上再一次变得空空荡荡。扬和卡特丽娜对望了一眼，从彼此的眼神中看到了失望。

夫妻俩迈着沉重的脚步走回家中，刚踏进门，扬就一头栽到了床上。他睁着无神的眼睛，一动不动地盯着天花板，满腔热情与期待都化成了灰烬。

“发生什么事情啦？”周围的邻居向他们打听道，“你们没有看到克拉拉吗？她没有回家？也没有写信？该不会出了什么事吧？”

扬低垂着头一言不发，卡特丽娜已经抽抽噎噎地哭了起来。

“肯定是出事了，肯定是出事了！”她呜咽着说，“她一个小姑娘，在外面举目无亲的，能挣到什么钱呢？她写信告诉我们，是那个送红裙子的商人帮她安排了第一份工作，可是究竟是什么工作，在哪里工作，我们一概不知！现在，克拉拉杳无音信！这该怎么办？！拉什就快要上门催债了，这让我们怎么办呢？！”

好心的邻居们聚在扬的家里，陪着他们叹气发愁，但是谁也想不出好办法。就在这个时候，有人敲响了扬的家门，令人惊讶的是，卡尔·卡尔逊议员忽然在这个时候上门拜访了！

卡尔·卡尔逊议员拿着一叠厚厚的纸张，神情严肃。一看到他，卡特丽娜就觉得心里一凉。

“完了，完了……”她又抽抽噎噎地哭了起来，“肯定是拉什托他来找我们打官司。我们俩到了这个岁数，居然还要被夺走房子、赶出家门，就连女儿也不见了！老天爷啊！为什么要这样对待我们？！”

卡尔逊一踏进门，就听到了卡特丽娜的哭声。他环顾四周，打量着面带同情的邻居们，随即走上前来，主动和卡特丽娜握手。

“您好。”他公事公办地说，“我是卡尔·卡尔逊议员，受托前来和扬商谈一些事情。”

卡特丽娜一边擦拭着眼泪，一边请卡尔逊坐下。她看了一眼面朝墙壁侧卧着的丈夫，为难地说：“我想，扬现在没办法和您正式谈话。有什么事情，您就对我说吧。”

“发生了什么事？扬生病了吗？”卡尔逊关心地问道。

“不，和生病无关。”卡特丽娜难过地说，“只是我们今天都太累了，扬的情绪尤其不好……您知道，他一向都是最疼爱克拉拉的……”

卡特丽娜抱歉地向卡尔逊笑着，一边拽了拽扬的衣服，示意他坐起来和卡尔逊打个招呼。可是扬一动也不动，像是根本没有听见他们的交谈一样。

“真是碰巧了，我要说的事情恰好就和克拉拉有关。”卡尔逊笑了起来，他打开了自己带来的那一叠纸张，“今天一早，我收到了一封来自克拉拉的信。她在信中告诉我，他们一家人欠了拉什二百克朗，她在外辛苦工作了三个月，最终挣到了这笔钱。她将这二百克朗随信寄给了我，希望我能够做主调解这件事，让你们夫妻俩和拉什都能满意。她的确是一个非常聪明的小姑娘，不是吗？她知道，这笔钱如果直接交给拉什，很容易引出其他的纠纷，所以她请我来做这件事的见证人。”

卡尔逊话音刚落，躺在床上的扬就猛地跳了起来，他双眼发亮，仿佛一下子变成了另一个人。

“您说的都是真的吗，先生？！”扬兴奋地大叫道，“您说克拉拉给您寄了一封信？您还说她赚到了足够的钱？！可是，既然她已经赚够了二百克朗，为什么她没有回家呢？我和她妈妈等了她一早上呀！”

“关于这件事，克拉拉在信中也向我解释了。”卡尔逊回答道，

“据克拉拉说，她的雇主是一名温和好说话的先生，她从他那里预支了二百克朗，因此她需要完成相应的工作，才能回到你们身旁。好了，既然所有的事情都已经解释清楚，就请你们两位正式签字，允许我来帮忙调解你们与拉什之间的债务纠纷吧。您觉得怎么样，扬先生？”

扬呆呆地坐在床上，像是完全没听到卡尔逊的后半句话，他所有的注意力都跟克拉拉有关，听到克拉拉短时间内无法回家，他就又变成了那副行尸走肉的模样，一头栽到床上，一个字也不说了。

4

自卡尔逊离开后，扬就再也没有起过床。他像是被抽空了全身所有的力气，每天都双眼无神地盯着天花板，不说话，不动弹。要不是卡特丽娜逼他，他连饭都不愿意吃。卡特丽娜知道扬的情绪不好，可她也忍不住在心里埋怨。

“他到底想要做什么呀？”她心想，“难道，在克拉拉回家以前，他会一直都是这副模样吗？”

几天之后，隔壁的老织网工来找他们喝咖啡，在闲谈中，奥尔随口聊起了克拉拉。

“你们有好些天没收到克拉拉的信了吗？没关系！相信我吧，我猜那孩子的信已经在路上了！”

“大概不会吧。”卡特丽娜叹着气说，“她前几天给卡尔·卡尔逊议员写了信，应该没有时间再给我们写信了。我猜，她的工作也非常忙碌呢。”

老织网工同意地点点头，说道：“忙碌的工作可以带来更多机会，别忘了，克拉拉一向都是一个幸运的孩子呢！我想她今晚就会碰到好事，嗯，说不定她现在就坐在书桌前，正忙着给你们写信哩！”

卡特丽娜不相信老织网工说的话，她甚至笑了起来。

“怎么可能呢？”她说，“我们虽然不知道克拉拉找了一份什么样的工作，但我猜肯定是女佣一类的吧！被雇主呼来喝去，忙得脚不沾地，这样的工作能带来什么机会？”

“可不要小瞧我的感觉！”老织网工故作神秘地摇了摇头，“你们就相信我吧，我的预感是不会错的！说不定克拉拉在工作时遇见了一位迷了路的老太太，她将食物和水分给这位老人，又将她送回家，没想到这位老太太却是当地富翁的母亲！为了答谢善良的克拉拉，富翁给了她一笔十克朗的款子！这难道不是一桩好事吗？”

“听起来的确不错。”卡特丽娜也沉浸在了幻想中，好一会儿，她才叹了一口气，“可是，这一切都是我们胡思乱想的呀，我们并不知道克拉拉实际的生活是怎样的呀！”

老织网工大笑起来，他将咖啡杯放在桌面上，拍了拍卡特丽娜的肩膀：“这谁能说得准呢？照我说，与其自己忧愁担心，倒不如胡乱猜一猜那孩子的近况，总能给自己找到一些安慰！”

老织网工很快就告辞回家了，扬仍然蜷缩在床上，大睁着眼睛，呆呆地思念着克拉拉。刚才，卡特丽娜和老织网工交谈的时候，他并没有开口插话，可是他将他们说的每一个字都听到了心里。也许，老织网工说的话并不是瞎猜的呢？也许他的确得到了克拉拉的消息，只是想跟他们开个玩笑，所以才用这种戏谑的方式说出来呢？说不定，他还知道克拉拉的更多近况呢？

扬越想越觉得自己的想法有道理。第二天一早，他就开始盼着老织网工再次上门拜访，跟卡特丽娜谈一谈有关克拉拉的事情，然而，他从天亮等到天黑，奥尔都没有来。第三天，第四天，奥尔还是没有来。最后，扬终于忍不住了，他一骨碌从床上爬了起来，决定主动去找老织网工。

“我的朋友！”一走进奥尔的家里，扬就嚷嚷起来，“我真是忍不住啦，我一定要对您说，您前几天所说的那番话，我惦记了好久呢！”

“怎么，我说了什么话呀？”老织网工诧异地说，在扬的提醒下，他才慢慢明白过来，“您是说，和克拉拉有关的那番话？可我并没有收到有关克拉拉的消息啊，这一切都是我信口胡说的。”

扬的猜测被全盘否定了，但他并没有感到失落，他紧紧地攥住了老织网工的手，认真地说：“就算都是信口胡说，我也非常想听！请您再对我说一些吧！什么都好，只要是跟克拉拉有关就好！”

老织网工被扬诚挚的感情打动了，可他一下子不知道该说什么，只能支支吾吾地说：“其实，其实你也可以想象克拉拉的生活，就像我之前所说的那样。”

“没错，我已经琢磨了好几天了！”扬叫道，“我猜，克拉拉已经和她所帮助的那位老人家成了好朋友，那位老人经常请她上门做客，吃蛋糕喝咖啡！”

“说得没错，就是这样！”老织网工连连点头，“还有什么，再想想看！”

“我想，那位老人一定非常慈祥和蔼，她看待克拉拉，就像看待她的亲孙女一样，”扬想得入了迷，“对于那位家境富裕的老太太来说，二百克朗根本算不上什么大数目，如果她知道了克拉拉的境遇，说不定会帮她还上这笔钱！等到那个时候，克拉拉就可以回家了！”

说到这里，老织网工的儿媳走进了房间，扬连忙停下来，不说话了。

“扬！你居然会来我们家做客，我真是想不到！”奥尔的儿媳感到又惊又喜，连忙上前和扬握手，“前几天卡特丽娜还对我说，她担心你从此往后都会一蹶不振呢！现在可算好了，真让人高兴！”

“谢谢你，这都多亏了我的织网工朋友，是他给我出了个好主意，让我能够知道克拉拉的近况！”扬也向这一家人连连道谢，随即起身回家。

扬离开了好久，老织网工依然在摸着下巴纳闷儿。

“扬说我告诉了他克拉拉的近况？可是，我什么也没有说啊……”

只有扬自己知道，老织网工提供的这个方法有多么神奇。扬感觉自己又重新活过来了，克拉拉生活得很好，并且被外面的世界善待着，她还时刻惦记着回家的事情，一家人很快又能快乐地生活在一起了。

扬不再郁郁寡欢，他拉着妻子坐在桌子边，高兴地分享着自己关于克拉拉近况的幻想。卡特丽娜看着眼前手舞足蹈的丈夫，突然愣住了，她的眼眶里溢满了泪水，那些泪水在烛光下闪着光，她知道扬现在的行为有些疯狂，但至少他不再因为没有女儿的消息而躺在床上茶饭不思了，卡特丽娜擦了擦眼角，微笑着回应扬的每一句话。

扬又回到了农场干活儿，尽管身边的一些人总会议论克拉拉也许遇到了什么意外，但扬充耳不闻。扬心想，我的克拉拉多么聪明善良，这些人为什么不多往好处想想呢？

5

天气逐渐转凉，秋天到了，扬依然每天前往农场干活儿，傍晚时分才往家走去。这一天，他刚踏上回家的路，就听到艾里克太太在身后叫住了他。

“扬！等一等，我有话想对你说！”

扬回过头来。他看到艾里克太太脸色苍白，神情憔悴，尽管裹着厚厚的外衣，依然难掩病容。艾里克去世之后，她苍老了不少。

“有什么事呢，艾里克太太？”扬礼貌地问道。

“我想和你谈一谈前任农场主——不，不是艾里克，而是艾里克的岳父，也就是我的父亲。你还记得他吗？”

“当然，他是在我十二岁那年去世的，我还为此非常难过呢。”

“没错，我的父亲可是个好心人呀，所有人都这么说。”艾里克太太忧伤地说，“我的丈夫艾里克和他一样，也是个宅心仁厚的好人，我想你也同意这个说法吧？”

“艾里克先生当然是个好人了！”

“有一件关于艾里克的事情，我想了很久都拿不定主意……”艾里克太太犹豫地说，她看了扬一眼，仿佛下了很大的决心，“我非常信任你，扬，艾里克生前也将你看作他的好朋友。我接下来要说的事情，你能不能帮我保密呢？”

“我保证一个字也不外传。到底是什么事情呢，艾里克太太？”

实际上，扬满脑子想着的都是克拉拉。一听到艾里克太太叫住了他，他就猜测艾里克太太收到了有关克拉拉的消息。扬满心希望女儿能够结识一位富有的老太太，可以借此还清债务，早日回家，因此才耐着性子跟艾里克太太交谈，希望她能够尽快告诉他有关克拉拉的消息。然而，艾里克太太所说的话始终围绕着艾里克和他的岳父，扬禁不住有些失望了。

“我父亲去世的时候，艾里克就陪在他的身边。”艾里克太太回忆着说道，“在我父亲缠绵病榻的那段时间里，艾里克一直悉心照顾着他，令我父亲非常感动。他去世之前，曾经专门向艾里克道谢。而艾里克呢？他说，‘别说这样见外的话，爸爸！我看待您就如同是看待自己的亲生父亲！’”

“没错，艾里克先生就是这样一个厚道可靠的人。”扬点了点头。

“我父亲经常随身带着一柄银色手杖，你还记得吗？”

“怎么会不记得？老先生头戴礼帽，拄着手杖走向教堂的身影，我至今还记忆犹新呢！”

“没错，没错，就是那根手杖。”艾里克太太说道，“我父亲将那根手杖写进了遗嘱里，郑重地说，他要将它送给艾里克。”

说到这里，艾里克太太心潮澎湃，眼中泛起了泪光。她不断摆弄着自己的披肩，一次又一次地深呼吸，竭力平复着自己的情绪。而扬像是完全没有注意到，他只是紧盯着她的披肩，心里想着：“艾里克太太该不会将信件放在披肩里吧？她会这样做吗？”

“艾里克去世的时候，我原本以为他会将那根银色的手杖送给拉什，毕竟是他继承了我们的财产，可是，艾里克并没有那么做。我想，这是因为艾里克并不认可拉什，拉什并没有真正得到他的信任。”

艾里克太太缓缓地解开了披肩，扬不由得睁大了眼睛。令他失望的是，披肩里只有一根手杖和一顶帽子，并没有克拉拉的来信。

“你看，这就是艾里克最看重的手杖和帽子，代表了我们家族代代相传的荣誉。艾里克去世前将它们交给了我，希望我能为它们寻找一个合适的主人。扬，照你来看，拉什是不是它们合适的主人呢？”

扬不由得呆住了。

“我，我只是一个外人……”他结结巴巴地说，“这么重要的事情，应该问一问……”

“不，你的意见比他们的都重要！”艾里克太太斩钉截铁地说，“当艾里克遭遇意外的时候，只有你全程在场。请你告诉我，当时的真相究竟是什么？拉什是否做了让人无法原谅的错事？”

扬犹豫了好一会儿，长长地叹了一口气。

“艾里克先生已经去世了，您就别再想那些事了。”他说，“探究事情的真相，只能让您和拉什之间的关系继续恶化。”

“就算你不说，我也已经猜到了。”艾里克太太悲伤地说，“我非常了解拉什的性格，我知道他会在那种时候做出什么事来！他是个人品卑劣的坏蛋，我绝不可能将这么重要的传家宝交给他。”

扬还没来得及说什么，艾里克太太已经坚决地伸出手来，将银手杖和帽子塞进了他的怀里：“请你收下这两样东西吧，扬！”

“什么，我？”扬不由得愣住了，“可是，我并不是你们家族的……”

“是不是我们家族的人并不重要，我相信艾里克也希望这两样东西能够留给光明磊落的好人，收下它吧！”艾里克太太干脆地说，随即就转身离开了。

扬仍然呆呆地站在原地，拿着手杖和帽子，满心疑惑。这究竟是怎么回事？对了！说不定克拉拉结识的那位富裕的老太太和艾里克夫妇是朋友，艾里克太太知道克拉拉已经今非昔比，所以才跑来向他示好呢！一定是这样！

6

时间一天天地过去了，克拉拉始终没有寄信回家，也没有传回来任何消息，但是扬已经确信，克拉拉认识了一位善良的富裕老人，已经过上了好日子，之所以还没有传回来消息，是因为她想给父母一个惊喜。

又到了前往教堂例行祷告的日子，卡特丽娜独自前往教堂，回程的路上，她遇见了来自斯德哥尔摩的客商，他们正和年轻人聚在一起闲谈。卡特丽娜犹豫了一下，还是走了过去，她想，这几个斯德哥尔摩人或许听说过克拉拉的名字！

就在卡特丽娜走近的时候，那几个斯德哥尔摩人说了个有趣的笑话，引得周围的年轻人都哈哈大笑起来。其他人看到卡特丽娜走近，都停止了聊天，只有一个背对着她的男孩依然在兴冲冲地嚷嚷："我真不敢相信！真的是丝绸衣服吗？"

男孩的同伴伸手拉了他一把，摇头示意他小声点儿，男孩诧异地向后看去，这才看到了不远处的卡特丽娜。他有些不好意思，却不愿意丢了面子，梗着脖子说道："我又没有开什么不合适的玩笑！说说王后穿着丝绸衣服参加宴会的事情，有什么不妥当啦？"

卡特丽娜看到他们聚在一起，也就不愿意上前询问有关克拉拉的事情了。她回到了家，在做家务的时候，顺口向扬提起了这件事。没想到扬双眼发亮，立刻抛下了手中的事情，缠着卡特丽娜问东问西。

"那几个斯德哥尔摩人是什么样子？那几个年轻人呢？他们是怎样谈论那个笑话的，你再给我讲一遍吧！"

"只不过是年轻人爱说的笑话，没什么特别的？难道他们真的见过丝绸衣服、见过王后吗？"卡特丽娜并不在意，却还是按照扬的要求将这个故事重新讲了一遍。扬坐在那里，不断地傻笑。

"喂，老头子，你到底是犯了什么毛病呀？"卡特丽娜冲他喊道，"每次一提到和克拉拉有关的事情，和斯德哥尔摩有关的事情，你就总是做出这副模样来，真是让我担心极了！你满脑子都惦记着女儿吗？

你已经疯了吗？”

“我的确惦记着克拉拉，不过，我相信她一定会没事的！”扬信心满满地说，“再过一段时间，她就会捎回信儿，就会回到我们身旁的，等着瞧吧！”

“你总是这么说，可是，可是谁能说得准呢？”卡特丽娜忽然哽咽起来，“都这么久没有消息了，邻居们经常来安慰我。他们虽然都没有明说，但我知道，他们都认为克拉拉出事了……我可怜的克拉拉！她还那么年轻，万一她出了事，我可怎么办？”

“闭嘴，闭嘴，你这蠢女人！”扬气得吼了起来，“你在胡说八道些什么呀？克拉拉怎么可能会出事？！她肯定过得好好的，过些日子就会回来了！你听我的，准没错！”

7

不知不觉，克拉拉已经离家八个月了。这天，扬照例在农场忙活着自己的事情，他忽然看见远远走来一个人。这个人不是别人，正是他的堂姐麦迪 · 因伯尔依。

扬一向不喜欢他的这个堂姐，他总觉得这女人有些疯疯癫癫的，因此不愿意跟她打交道。看到因伯尔依走近，扬并不打算跟她打招呼，仍然忙活着自己手里的工作。

“别忙了，扬，我有事情要跟你说。”因伯尔依凑近了他，故作神秘地说道，“昨天晚上，我做了个了不起的梦呢，你想不想听听看？”

“我一点儿兴趣都没有。”扬没精打采地说，“你快走开吧，要是拉什碰巧看见你在这里，我肯定要挨一顿臭骂。”

“我就说一句话，说一句话就走！”因伯尔依也着急了起来，她环顾四周，没有看到拉什的身影，这才放下了心，“你有什么可担心的呢？跟你说话的可是全世界最聪明的姑娘——因伯尔依呀！我会帮你解决所有问题的，用不着发愁！”

听到这句话，扬的心里忽然一动。他最忧心的问题就是女儿克拉拉还没有回家，或许，因伯尔依的梦境能够为他解惑？虽然因伯尔依一向都疯疯癫癫的，但是说不定这样的人就能梦到未来，能梦到克拉拉的生活呢？

然而，因伯尔依根本不知道扬在想什么，她继续啰啰唆唆地说着有关拉什的事情：“前不久，我看见拉什经过了上山的那条小路，而他太太呢，在这个时间总是会出门卖黄油。你知道了吧？我之所以来找你，是因为我把所有事情都打听得清清楚楚了，所以你一点儿都不用担心。你以为我是谁？我是全世界最聪明的因伯尔依呀！”

“行了，行了，快闭上你的嘴，你吵得我头都要晕了！”扬不耐烦地说道，“那么，你找我到底要说些什么呢？赶紧说正事！我可没有那么多时间陪着你闲聊！”

“天哪，你发什么火呀！”因伯尔依吓了一跳，本能地往后躲了躲，“真是的，直到现在你都改不了这个坏脾气！你可能已经忘了，但我还记得清清楚楚，你小时候就是这样的，当时……”

因伯尔依嘟嘟囔囔了好半天，才意识到她根本没有听众。扬不知何时又回去忙活自己的事儿了，连看都不看她一眼。

“行了，听我说，听我说！”因伯尔依气急败坏地说，“别再忙你那点儿无聊的活计了！听听我的这个梦吧，肯定是有意思的！”

“那你就快点儿说吧！”扬搁下了锄头，不耐烦地说道。

“是这样，这个梦跟你有关系。”因伯尔依一本正经地说道，“因为在梦里，一开头我就看见了你。我说，扬，你不是住在阿斯克达拉那吗，怎么跑到这里了呀？你说，我才不住在阿斯克达拉那，我现在住在莱恩德达拉那了！你听听，这是不是非常有意思？”

因伯尔依兴奋得脸颊通红，她猛地向前跨了一步，扬这才注意到她怀里还抱着一个竹篮子，竹篮上面罩着一层黑布。因伯尔依小心翼翼地将黑布掀开一角，悄声说：“你瞧！我给你带来了一篮子星星！我听说住在莱恩德达拉那的那些人，穷其一生，都想要找到这些星星！你看，堂姐是不是对你很好？”

扬瞥了一眼她带来的竹篮，竹篮里搁着一些用彩纸折的小星星，是所有女孩子都会折的花样。扬面无表情，又低头去做自己的活计。

“我不需要，请你拿回去吧。我只对实际的东西感兴趣，这些纸折的星星没办法解决我的问题。”

“什么？你怎么会说出这种话来！”因伯尔依怒不可遏，她攥紧了自己的篮子，“你难道不认识这些星星？！你看不出它们的价值？！我的老天爷啊，我从来都没有见过像你这么愚蠢的人！我再给你最后一次机会，收下这些星星！”

“我说了，我对这些星星一点儿兴趣都没有！”扬也不耐烦地叫了起来，“我这么忙，哪里有时间陪你胡闹？！”

因伯尔依气得眼睛通红，一把抓起了自己的竹篮子，转头离开了。扬继续埋头做自己的活儿，可是做着做着，他又忍不住发起了呆。因伯尔依没有一个字提到克拉拉，可是，她所讲的那个梦境会不会预兆着和克拉拉相关的事情呢？扬越想越出神，连天黑了都没意识到。

8

工程师布诺斯很喜欢去码头附近散步，他喜欢听海浪拍打礁石的声音，也很喜欢看码头上来来去去的人们，他经常和人们搭话，有时能听到不少新闻。这几乎已经成了他的习惯，要是哪天早上没去码头那儿溜达一圈，他一整天都会觉得少了点儿什么。

每天早上，布诺斯都会收拾好自己的随身物品，走出家门，穿过不远处的一片小树林，慢慢地踱到码头边。有时候他会绕着码头散步，有时候他会坐在码头不远处的石头凳子上，注视着来来往往的轮船。

最近，接连六十多天，布诺斯都注意到码头上多了一个奇怪的老人，他总是像座雕像一样钉在石头凳子上，一动不动，也不和任何人说话。只有当轮船驶近的时候，他才会猛然起身，兴奋地向轮船驶来的方向眺望。他像是在等待着什么人，可是，他每一次的期待都会落空。

“您到底在等什么人呢？”

这天，布诺斯终于忍不住主动和老人搭话了。他走到石头凳子旁边，和老人并排坐下来，问道：“您在等您的亲人，还是朋友？”

“我在等我的女儿。”老人叹了一口气，“我和我妻子欠了一大笔钱，女儿为了还债，不得不外出工作。我想，今天她就该回来了。”

“今天吗？”布诺斯感到非常奇怪，“可是近两个月，您天天都跑到码头这边来呀！她之前都没有回来，为什么今天就一定会回来呢？”

“我就是知道，她今天会回来的。”老人用笃定的口气说道。

“这样吧，您让我看看她寄回来的信。”布诺斯说道，“我猜，您一定是把她信上的日期看错了，才一天天在这里苦等。您让我看看信，我会帮助您的。”

“不，我没有什么信。”老人摇了摇头，神色黯然地说道，“她已经很久没有写信回来了。”

“没有写信吗？怎么会这样呢？”布诺斯奇怪地问。

“是啊，去年十月的时候，我们收到了她的最后一封信，从此以后就没有任何音信了。”

“您没有收到她的信，却天天跑到这里等她？”布诺斯不可思议地盯着眼前这个奇怪的老头儿，“您没有什么正事要做吗？我真是想不明白！如果您的女儿一直都不回来，难道您就要永远在这里等下去吗？”

“我的女儿会回来的，她今天就要回来了。”老头儿固执地说。布诺斯意识到他根本没办法和这个老头儿继续沟通，当即转身离开了。

他一边走，一边回想着那个古怪老头儿的言行举止，越想越觉得自己的行为很不礼貌。布诺斯犹豫了一下，又转身走了回去。

“真对不起，老先生。”布诺斯握住了老人的手，诚恳地说道，“我刚才不应当出口伤人。您对女儿的感情简直是世界上少有的，我相信，您的女儿一定会很快归来的！”

听到布诺斯的话，扬只是看着远方微笑着。

布诺斯看着眼前的老人，对他有些肃然起敬。老人的头发有些许花白，褴褛的衣衫被海风吹得微微作响，但他的身体却坐得格外端正。等女儿回家哪里是不务正业呢？这就是他目前引以为傲的事业。

布诺斯离开了那个码头，此后每天早晨散步时，布诺斯都会偷偷观察码头石凳上的这位老人。海上没有轮船时，老人偶尔会喃喃自语。经过多日的观察和与路人的闲聊，布诺斯也明白了这位老人如此执着地在码头等女儿回来的原因。

这个老人对女儿的爱很纯粹，也许他并没有给女儿富足的生活，但是他却给了女儿全部的爱。女儿的离开，让这个老人感到空虚，因为他对女儿的爱没有了可以寄托的地方。

第六章 普初加里的皇帝

1

克拉拉离家远行的时间已经超过一年了。扬没有一天停止过对她的思念，可他并不觉得担忧，也并不害怕。扬知道女儿一定能够逢凶化吉，过上幸福的生活，他坚信着这一点。克拉拉并没有写信回来，是因为她不想太过高调，扬决定帮女儿守住秘密。

可是，夏天的某一天，扬还是忍不住说漏嘴了。

这天一大早，扬照例前往码头等候克拉拉，沿路看到了不少熟人，有卡尔·卡尔逊、奥古斯特·戴尔·诺尔以及“修钟匠”阿格里巴。扬向卡尔逊和奥古斯特点头致意，但是当他看到阿格里巴的时候，却没好气地扭过头。由于阿格里巴和克拉拉之间发生过一些不愉快，所以扬对他从来都没有好脸色。扬向着海面上眺望过去，一心想着：“等克拉拉今天回来的时候，阿格里巴肯定会大吃一惊的！”然而，直到所有的轮船都离开了码头，克拉拉的身影也没有出现。扬迈着沉重的步子离开码头，才走了没几步，阿格里巴忽然挡在了他的面前。

“想要去哪儿呀，扬？”阿格里巴阴阳怪气地说道，“我说，你何必天天都跑到这里等你那个女儿呢？”

扬知道阿格里巴说不出什么好话，因此根本不愿意搭腔。他转了个方向，打算避开阿格里巴。但是，阿格里巴并不打算轻易放过他。他放开喉咙嚷道：“别再自欺欺人了，扬！只有你还一门心思相信克拉拉会回来，我真是可怜你！所有人都知道，克拉拉早就已经……”

扬没有听到阿格里巴最后那句话，因为奥古斯特强行捂住了他的嘴，使得他最后的那句话变得含混不清。但是，扬明白阿格里巴想要说什么。这个秘密没办法再守下去了，扬心想，他必须把事实告诉阿格里巴！扬挺起了胸膛，尽管他只是个无钱无势的小老百姓，但在这一刻却像是一位居高临下的贵族。

“等我的克拉拉回来的时候，”扬威严地说，“她就会成为了不起的克拉拉女王……”

所有人都被震住了。阿格里巴伸出一只发颤的手，不可思议地说道：“你，你知不知道自己在说些什么呀，扬？疯了，你肯定是疯了！”

扬根本不在乎阿格里巴会作何反应，他的脸色越来越郑重，他的语气越来越谦恭：“女王克拉拉乘着轮船回到了码头上，她带来的仆人会比这码头上的所有人还多！阿格里巴，我希望你能够对克拉拉女王心怀尊敬，否则的话，你的下场一定会非常惨！”

说完，扬没有再看阿格里巴的表情，而是转身离开了码头。

扬已经走远了，阿格里巴仍然呆愣在原地。身边的奥古斯特早就气得牙痒痒了，他一拳砸在阿格里巴的肚子上，怒吼道：“谁允许你对扬说出那样的话来！幸好我刚才拦住了你，要不然，你肯定会让这可怜的老人伤心透顶的！”

扬越走越快，几乎是飞跑着回到了自己的家。一进家门，他就忍不住号啕大哭起来。他也不明白自己为什么会这么痛苦，可他知道，从现在开始，克拉拉成为女王的消息一定会传遍整个教区！

2

九月的时候，扬照例在星期天外出做礼拜。

因此，每一个前往教堂的人都目睹了古怪的一幕——衣衫褴褛、疯疯癫癫的扬居然坐在了教堂第一排的第一个座位上。

在这片教区，人们约定俗成地将第一排的第一个位置留给教区那位家财万贯、身份高贵的绅士。穷人们都会习惯性地走向后排，没有人敢坐在那个位置上，扬到底是怎么了？

扬气定神闲地坐在那个位置上，没有感到一丁点儿的不适应。确实，他曾经是一个穷人，可是现在一切都变了，他的女儿克拉拉已经登基成为高贵的女王，他作为女王的父亲，自然也就是一位皇帝了。怎么，身为皇帝，还不能坐这个尊贵的座位吗？

扬甚至取出了艾里克太太当初送给他的礼帽和银手杖，他头戴礼帽，拄着手杖，高高在上地端坐在第一排的座位上，身边那些贵族和富翁都向他投来古怪的眼神。不过，扬一点儿也不在乎，人们没有见过皇帝，自然会多看几眼，他对此非常理解。

等到礼拜结束的时候，扬拿起了他的礼帽和手杖，昂首挺胸地走出了教堂。不过，教区执事突然出现在了他的面前，伸手拦住了他。

“亲爱的扬，可以占用你几分钟时间吗？”教区执事礼貌地说道，“牧师有几句话想要对你说。”

扬跟着他走进了教堂后面的小礼拜室，两个人背对着他们站在那里。扬认出来了，左边的是卡尔·卡尔逊议员，右边的是一名牧师。令他惊讶的是，这位牧师正在痛哭流涕呢。

“我真恨我自己，我真恨我自己！”牧师拖着哭腔说道，“我为什么没能为他排忧解难呢？如果我做得多一些，或许这个可怜人就不会落到今天这个地步！”

卡尔·卡尔逊议员站在他身边，拍着他的肩膀，小声安慰着他：“别这么想，亲爱的牧师先生。您已经为我们做得够多了，我相信，这片教区里的每一个人，都会感念您做的一切。”

“不，还不够，还远远不够！”牧师哽咽着说道，“我为什么没能帮助到那个可怜的老人呢？我眼看着他越来越疯癫，却什么也做不了，我真是痛恨这样的自己！”

“别再责怪自己了，牧师先生！要是说起这件事，只怕我们所有人都负有不可推脱的责任！不管怎么说，事情还没有发展到最坏的地步，我像那姑娘那么大的时候，也曾经外出打工，还赚了一笔不小的钱呢。我敢保证，那姑娘一定也有好运气的。”

牧师长长地叹了一口气，拭了拭眼角的泪水，说道：“不管怎么说，我一定要做点儿什么事不可，否则我永远都无法安心的。那位可怜的老人在哪里？我可以见见他吗？”

“牧师先生，我已经把扬带来了。”教区执事在他们身后接话道。

牧师连忙转过了身。他眼眶通红，仿佛是要立刻哭出来似的，紧紧地攥住了扬的手。

“让我为你做点儿什么吧，扬！”他深情地说，“请把你的悲伤都告诉我，我会在这里耐心聆听的！不要担心，我一定会拯救你的神志，我会将你完全治好的！”

这位牧师先生有着悲天悯人的心怀，他也的确是一个非常善良的人。扬凝视着他的双眼，能在他眼中看到温和的爱意。然而，扬对于他刚才的那番话却不以为然。

“你不应当直呼我的名字，牧师先生。”扬挣脱开他的手，矜持地整理了一下自己的衣服，“你应当尊称我为普初加里的皇帝陛下——约翰奈斯一世，记住了吗？”

说完这番话，扬就高昂着头走出了教堂，仿佛真的成了一位不可一世的君王。

3

离开教堂以后，扬四下看了看，决定走一条平时没有走过的小路。

他正了一下礼帽，握紧了自己的银色手杖。作为一名皇帝，他的身边时时刻刻都簇拥着一群随从，因此，他必须保持自己的风度。

扬沿着小路向前走去，一边走，一边欣赏着路边的茱萸、豌豆花和杉树。身处这样怡人的美景里，嗅着空气中芬芳的花香，他的心情也不由自主地放松了下来。

风吹过，杉树枝叶簌簌作响。咦！这是杉树的歌声啊！扬连忙止住了脚步，就地坐了下来。他放下了手杖和礼帽，侧耳倾听，打算好好地欣赏一下杉树的音乐会。

然而，杉树并没有意识到它们的听众里多了一位尊贵的皇帝陛下，它们所演奏的调子依然是千篇一律的“沙沙”声，扬听了一小会儿就感到不耐烦了，他嘟囔着说：“怎么不能唱一些有趣的曲子呢？”

“沙沙，沙沙……”杉树单调的调子唱得没完没了，扬几乎都打起了哈欠。就在这个时候，一阵风吹来，杉树们忽然改变了风格，齐心协力地唱起了高亢的调子。

这可真是令人耳目一新！扬感到精神一振，之前的睡意全都一扫而空。他明白了，杉树们一开始并不知道他的身份，所以才演奏一些普普通通的曲子糊弄他。直到它们发现，是普初加里的皇帝在聆听这场音乐会，才陡然改变了态度。嗯！做得相当不错嘛！

扬将礼帽随手放在了一边，就地躺了下来，把头枕在自己的胳膊上。在悠扬的杉树乐声中，他也忍不住小声哼起了歌儿。

我是一位女王的父亲，我统治着这个王国。

我手持着这根银色的手杖，正如士兵端着他的枪。

胡萝卜永远也不会端上我的餐桌，我再也不会穿有补丁的衣裳。

瞧见我头戴的这顶礼帽了吗？这可是一顶至高无上的皇冠！

如果没有随从们毕恭毕敬地等着我，我就不会踏出家门一步；

如果没有一身适合我的绫罗绸缎，我就不会踏出家门一步。

没错，这就是我，我是一位女王的父亲，轰隆隆……

扬将这首歌儿唱了好几遍，他确信，每当他唱到“轰隆隆”的时候，杉树们发出的伴奏声就更响了一些，他们正在为普初加里的皇帝陛下欢呼呢！

4

很多年前，当克拉拉还是个小孩子的时候，扬曾经带着她去洛夫达腊庄园做客。对于扬来说，那一次做客算不上是什么愉快的回忆。不过，身为普初加里的皇帝，扬决定原谅这位庄园主，再次屈尊降贵地前往他的生日宴会。扬确信，这会使那位庄园主感到万分荣幸的。

扬端端正正地戴着他的礼帽，攥着他的银色手杖，走到了洛夫达腊庄园门口。上一次来到这里的时候，他还是个穷困潦倒的小老百姓，只敢从侧门溜进庄园，但现在，他已经今非昔比了。扬从正门大步走进了庄园，热情地握住了庄园主的手。

“祝你度过一个愉快的生日，我亲爱的朋友！”

“扬，怎么是你？”庄园主惊讶地说道，“你已经很久没有出过门了吧？我都不记得我上一次见到你是什么时候了！”

“别这么称呼我。”扬皱了皱眉头，不过，庄园主是他的老朋友，他决定做一个宽宏大量的皇帝，“你应当称我为普初加里的皇帝约翰奈斯。”

周围的人面面相觑，忍不住爆发出了一阵大笑。扬逐一打量着他们，向他们矜持地点了点头。

“你们好，我的子民们。”

扬一边说着，一边向他们伸出手去。能和尊贵的皇帝陛下握手，他们一定会激动不已吧，扬这样想着。

但是，事实令他失望了。他的子民们并没有意识到，与皇帝陛下握手是一件值得骄傲的事情。他正对面的那个小个子男人就满脸的不情愿，他嫌弃地伸出了一根手指，仿佛和扬接触会脏了他的手。

“你为什么要这样做？”扬不解地问，“你不懂得如何与别人握手吗？”

“你说什么？这是你对我说话的口气吗？！”那个小个子男人勃然大怒，“你知道我是什么身份吗？不知道？哼，那你就好好看看我胸口的这些勋章吧！你应当称呼我为‘大人’或是‘老爷’，别再用这种不知天高地厚的口气跟我说话了！”

“什么？！”扬不可思议地叫道，他几乎笑了起来，“你是在我面前炫耀你的身份吗？你难道不知道我是谁吗？好吧！既然说起了勋章，那就给你看看我的这些勋章吧！”

他猛地转过身去，敞开了自己的外衣，将那缀满了“勋章”的背心展示给别人看。扬以为他会得到众人的欢呼和掌声，然而奇怪的是，人们只是探头瞧了一眼，就纷纷哈哈大笑起来。

真是一群没有礼貌的人。扬叹息着想，可是他身为皇帝，不应当和这群不懂事的老百姓计较。因此，他什么也没有说。

当然，扬还是遇到了一些本分可爱的子民，他们围在他的身边，专心致志地听皇帝陛下讲述着有关克拉拉女王的惊人事迹。

这次出行使扬感觉好极了，在生日宴的最后，他甚至当众唱了一遍“皇帝之歌”，为庄园主庆祝生日。所有人都非常喜欢这首歌，向扬报以热情的掌声，一次次要求他再唱一遍。扬俯瞰着他的子民们，一股自豪之情油然而生，他感觉自己已经成为一位真正的帝王了！

就在扬站在人群中央、享受着大家吹捧的时候，他忽然非常思念自己的女儿克拉拉。唉！要是女王殿下——克拉拉能够陪在他的身边，他该有多么幸福啊！

接下来的那一刻，扬几乎觉得他的梦想实现了。

就在那一瞬间，人群里晃过了一个身穿红裙子的姑娘，她的面容在扬眼前一闪而过，扬确信自己看到了她金色的卷发、看到了她明媚的笑容。那不是别人，正是他日思夜想的克拉拉！扬睁大了眼睛，他下意识地拨开人群，冲着克拉拉的方向飞跑了过去。

“克拉拉！克拉拉！”他声嘶力竭地大叫起来。

远处那个身穿红裙子的姑娘站住了，她诧异地回过头来。扬也愣住了。那是个相当清秀的姑娘，可是那张脸完全是陌生的。她并不是克拉拉。

扬的泪水一下子涌出了眼眶。他不知道自己该说些什么、做些什么，只能呆呆地转过身，向庄园外走去。他远离了喧嚣的人群，站在庄园外的一条小路上，猛然觉得被巨大的悲伤压垮了，甚至连站都站不住了，他就地摔倒在路边，双手掩面，呜呜地哭了起来。

5

扬认为自己登基称帝以后，生活里就面临着许多苦恼，为了解决这些苦恼，他不得不改变自己的处事风格。例如，扬发现自己变得越来越谦和了，这是因为他已经成为世界上身份地位最高的人，理应对手下的臣民宽容一些。

所以，就算那些老朋友总是对他直呼其名，扬也一点儿都不生气。不管怎么说，他们都是他的朋友呀！何必要让他们毕恭毕敬地称呼自己为皇帝陛下，拉远彼此之间的距离呢？扬相信，他的朋友始终都是他的朋友，无论他成为皇帝还是穷人，这一切都不会发生改变。

但是，他始终没办法说服他的妻子卡特丽娜。每当扬谈起克拉拉做女王的事情，卡特丽娜都表现出了十分不耐烦的样子，她不止一次地冲着扬大叫大嚷，命令他以后再也别提和克拉拉女王相关的话题，扬真是不明白她在想什么。

除此之外，卡特丽娜还总是会不满意地对他念叨。扬以往都会每天出门干活儿来贴补家用，可是现在，扬哪里都不去了。

听听这老太婆说的蠢话！干活儿？身为普初加里的皇帝陛下，他为什么还要出门干活儿？

最后，卡特丽娜实在是劝不动扬了，只好改变了生活方式，自己每天出门工作，让扬留在家里做饭、洗衣、打扫屋子。扬每天在家里转来转去，实在是觉得百无聊赖。为什么卡特丽娜就不能跟他聊聊和克拉拉女王相关的事呢？难道她不为自己的女儿感到骄傲吗？真是一个无趣的老太婆啊！

6

这一天，卡特丽娜照例出门做农活儿，扬则戴上了他的礼帽，拄着他的银色手杖，在家门口转来转去。不远处的几个姑娘经过门前的大路，扬彬彬有礼地冲着她们打招呼。

“你们好，美丽的姑娘们！”

姑娘们你看看我，我看看你，都羞涩地笑了起来。她们冲着扬微微鞠躬，回应道：“普初加里的皇帝陛下，您好！”

扬忍不住笑了起来，没有多少人会主动称呼他为普初加里的皇帝，他感到心花怒放，马上就和这些姑娘们聊了起来。

和大多数姑娘一样，她们对女王克拉拉非常感兴趣，想知道克拉拉的日常生活，想知道她穿什么样的衣服。扬仔仔细细地告诉了她们。最后，姑娘们不好意思地说："我们可以去您家里做客吗，普初加里的皇帝陛下？我们很想看看克拉拉女王曾经住过的房间是什么样的。"

"当然，当然没问题，我的孩子们。"

扬欣然同意，将她们领进了自己的家。姑娘们环顾四周，都显出了诧异的神情。

"以后，克拉拉女王也会住在这里吗？还是会回到普初加里，回到属于她的王宫里呢？"

"她当然会去普初加里处理政事，做一个女王可不是容易的事呢，我的孩子们。"

"您也会陪在她身边吗？"

"这个……"扬被问住了，他想了好一会儿，才摇了摇头，"不行。尽管我非常想陪着她，但是不行，我得陪着我的老伴儿卡特丽娜。"

"您可以带着她一起去呀，住在王宫里难道不比住在这里好吗？"

"可是，卡特丽娜喜欢我们这间小屋。"扬咧嘴笑了起来，"为了留住这间小屋，我们可是费了不少力气呢。卡特丽娜说，她一辈子也不会离开。而我，我是她的丈夫，曾经承诺过要一生照顾她、保护她，因此，我也会留在这里。"

姑娘们都被这份爱情打动了，她们热泪盈眶地说道："您对妻子的爱真是太伟大了，无论多少金银财宝都无法改变这份爱！您的妻子实在是太幸福了！”

扬逐一和这些姑娘拥抱，也不由得傻傻地笑了。他想，自己终于拥有一群忠诚的臣民了！

姑娘们参观完扬的家，就告辞离开了。这个时候，卡特丽娜走进了房门。原来她早就已经回来了，一直在窗户外面听着扬和她们的对话呢。

“你呀，你真是个让我没办法的老头子。”她叹着气，又笑了起来，“尽管你经常让我生气，但是听到你说你不会离开我，还是让我感到非常欣慰。”

7

近来，扬身边的亲戚朋友都沉浸在悲伤中，因为布叶恩去世了，他是扬的亲戚中最富有的一个。扬很想去参加他的葬礼，但是等了很久，都没有收到邀请。

“大概是因为他们认为自己身份低微，不配邀请一位尊贵的皇帝吧。”扬这样想着，又忍不住叹气，“真是的，何必这样想呢？其实，我很愿意参加布叶恩的葬礼。”

扬决定主动前去参加布叶恩的葬礼，他知道这一家人都不愿意高调，所以并没有坐在最前面，以防别人发现皇帝到场，引发骚乱。他找了一个不起眼儿的角落站好。

然而，殡仪馆的人来来往往，有不少熟人发现了扬。他们惊讶地打量着他，而扬则泰然自若地向他们一一点头。平民们无意中看到皇帝的时候，总是这副表情，他已经非常习惯了。

葬礼告一段落，亨德里克逊一家人要负责招呼客人们回程，他们忙忙碌碌地引着租来的马车在人群中穿梭。没有人招呼扬，但扬一点儿都不在乎，他看到灵车驶到他面前，就叫住了车夫，手脚并用地爬上了灵车。瞧！这是个多好的座驾呀！棺材已经被卸去了，灵车上又宽敞又舒服，坐在这里还能接受所有人的注目礼呢。扬美滋滋地想，自己的到来使布叶恩得到了多少荣耀啊！他一定会非常感激自己的！

所有的客人都回到了布叶恩的宅子里，人实在太多了，挤挤挨挨的，屋子里简直没法儿转身。楼上的餐厅可坐不下这么多人啊！主人家讨论了一下，决定将到场的客人分成不同批次，轮流用餐。

那么，第一批用餐的客人究竟安排谁呢？这可是个大难题，如果安排得不合适，就会令其他客人感到不满意。

没有人来邀请扬上楼用餐，他不自在地坐在角落里，四处张望了一会儿，也没有人主动跟他说话。就在这百无聊赖的时候，他听到了身边两位老太太声音的闲谈。

“幸亏布叶恩在临终前，和他儿子利纳特解开了心结，要不然，他肯定没办法安稳地闭眼！”

“说得没错，我听说，他们父子俩以前几乎断绝关系了……”

这件事，扬也知道得非常清楚。布叶恩的儿子利纳特是一个聪明能干的小伙子，他刚满二十岁的时候，就向父亲提出要求，希望能掌管父亲的庄园。但布叶恩认为，年轻人接管了父辈的产业，就一定会变得游手好闲，因此他断然拒绝了利纳特的要求。年轻气盛的利纳特愤然离开了家，经过多年打拼，购置了属于自己的产业和房屋。三十多年来，他都没有和父亲说过话。

不久前，卡特丽娜去教堂做礼拜，意外听说了布叶恩病重，已经到了弥留之际。老头子非常执拗，到那时都没有原谅儿子，甚至不允许家人将这个消息告诉利纳特。卡特丽娜回到家以后，随口向扬说起了这件事。

扬听了觉得很不是滋味儿，好好的一对父子，为什么要闹到这步田地呢？他悄悄地找到了利纳特，将事情全部告诉了他。

匆匆赶回家的利纳特见到了父亲最后一面，父子俩终于将这么多年的心结解开，最终达成了和解。听说了这件事的扬感到非常高兴，他认为，自己又做了一件了不起的大事。

可是，他现在已经饿得前胸贴后背了。扬看了看，打算径直上楼用餐，可他刚走到楼梯口，就被用人拦住了。

“现在还没有轮到您用餐呢，先生，请您再等一等吧。”

“你在说什么傻话呀？”扬嚷嚷道，“我可是普初加里的皇帝！你们居然把皇帝陛下排在了后面吗？”

“你这个疯老头儿，再在这里胡言乱语，我就叫人把你扔出去！”

扬愣在原地，他觉得又生气又尴尬，不知道该说什么好。就在这个时候，碰巧路过的利纳特看到了他。

“天哪，怎么会是您！”利纳特又惊又喜，紧紧地攥住了扬的双手，“我早就想找您了，一直没有找到！多亏了您，我才能和父亲重归于好，快请上楼用餐吧！”

很快，利纳特就安排用人在楼上为扬准备了一桌丰盛的宴席，扬完全不明白发生了什么事，只顾着埋头大吃。等他酒足饭饱揩了揩嘴角的时候，他才回过神来——肯定是因为利纳特知道他是普初加里的皇帝，才对他肃然起敬的！

8

工程师布诺斯仍然维持着他一直以来的习惯，每天去码头散步，顺便观察码头上的那个疯老头儿。令他感到诧异的是，最近疯老头儿身边围了越来越多的人，他们总是念叨着什么“普初加里”啦，“女王克拉拉”啦。

这天早上，散步到码头上的布诺斯又看到了扬，他看到扬正和一个女人站在一起，那女人在喋喋不休地说着什么。布诺斯好奇地走近了些，准备听听他们的谈话。

“我可是你的堂姐啊，扬！”那女人嚷嚷道，“我也没有请求你帮别的忙，我只是想去普初加里照顾克拉拉女王而已！连这么一点儿小愿望你都不能满足吗？”

“不，因伯尔依，不可能的，别想了。”扬面无表情地说，“我不会让你接近克拉拉女王的。”

布诺斯在旁边听着他们的对话，感到又荒唐，又好笑。原来，疯癫的不仅仅是扬，他的堂姐因伯尔依也相信了普初加里的一切！最可笑的是，扬居然不允许因伯尔依去服侍克拉拉女王！他凭什么这么做呢？

布诺斯一边这么想着，一边仔细地打量着扬。一段时间不见，他发现扬的变化非常大，现在他已经不像过去那么骨瘦如柴，而是面色红润，常带笑容，他的下颌上还留了小小的一撮胡子。如果别人不知道他的底细，真会以为他是个出身显赫的老爷子呢！

与此同时，布诺斯也很快察觉到，扬在码头上停留的时间越来越长了，他不仅仅要等待他的女儿，还要跟码头上的闲人聊天。这些人总是嘲笑他，逗他唱“皇帝之歌”，阴阳怪气地称呼他为普初加里的皇帝陛下，可是扬像是一点儿都不知道似的，总是向他们和蔼地笑着，高高兴兴地谈起自己的女儿克拉拉女王。

“真是个可怜人。”布诺斯这样想着，“我当时就应该想办法帮帮他。如果我能够大骂他一顿，戳破他的幻想，也许他就不会疯得这么厉害。现在是不是来不及了呢？”

布诺斯又瞥了扬一眼，他听到因伯尔依仍然在哀求着扬，希望能前往普初加里，入住王宫。而扬表现得相当无情，不管因伯尔依怎么恳求，都没有搭理她。

“真是太过分了！”布诺斯气愤地想着，“怎么，他以为他真的成了普初加里的皇帝陛下了吗？退一万步说，就算他真的成了皇帝陛下，也不应当对他的堂姐这么冷漠啊！”

布诺斯是个急脾气，他想到这里，就准备撸起袖子上前，好好地大骂这个“疯”老头儿一顿。可他刚走出两步，又想到了上一次和扬碰面的事情。最终，布诺斯还是放弃了这个想法，闷闷不乐地离开了码头。

“算了吧！”他想着，“他已经是个够可怜的老头儿了。”

布诺斯一边踢着石头，一边离开了码头，他为老人感到可悲。这位老人已经抛弃了自己的理智和谦卑，抛弃了自己的正常生活，为了一个等不到的女儿而毁了自己的余生，这值得吗？没有人能够回答这个问题，这个问题的答案只有扬自己知道。

布诺斯知道眼前的老人已经完全沉浸在了自己的幻想之中，也许这样能让他好受些，可能只有他的女儿回来才能唤醒他吧。可是谁知道他的女儿什么时候能回来呢？

第七章 最深切的思念

1

这里的教区经常举行拍卖会，参加拍卖会是拉什最喜欢做的事情，在他还是一个年轻人的时候就是如此。他在拍卖方面有着突出的才能，现在经常被人们邀请去担任负责拍卖的主持人。

拉什的拍卖才能是怎么被发现的呢？这得追溯到许多年前了。一般来说，穷人不会在拍卖会上买卖物品，他们都没有多余的钱，因此拍卖品很难卖出去，每一次拍卖会都使主持人约翰斯头疼不已。最后，约翰斯只能去找卡尔·卡尔逊议员寻求帮助。

“好吧，”卡尔逊说道，“那我就来问一问大家，有谁愿意帮助约翰斯承担工作，担任拍卖会的主持人呢？”

人们面面相觑，谁也不说话，只有一个年轻人拨开人群走了出来，他叫道：“让我来试试看吧！”

这个人就是拉什，当时，他还是一个不起眼儿的小伙子。卡尔逊摇了摇头，说道：“这个工作可不容易干呢，还是换一个人来吧。”

“就让我试试看吧！”拉什恳求道，“反正也没有其他人愿意担任主持人，难道不是吗？”

在拉什的一再恳求下，卡尔逊最终只能同意让他来分担约翰斯的工作，拉什就这样登上了拍卖会的台子，成为一名主持人。

“首先，我们要拍卖的是这件藏品。”拉什从台子上的一堆旧物里挑出来一个锈迹斑斑的盒子，那是他带来的东西。这个盒子除了装黄油，没有任何别的用处。可是拉什却抚摸着盒盖，连连叹气，“唉，要不是实在没办法了，我真不愿意将这个宝贝卖出去！你们怎么会知道它真正的价值呢？”

所有人都信以为真，以为那个锈迹斑斑的小盒子真有什么特别的价值，就开始争着抢着叫价了。拉什始终做出一副愁眉苦脸、唉声叹气的模样，直到那个盒子被人以高价拍下，他才摇着头说：“那就只能这样了，唉，真是舍不得啊！”

拉什很快就掌握了拍卖会的精髓，他用这一套话术来向人们介绍所有的藏品，每看到一件东西，他就发出啧啧的惊叹声。

“了不起！真是了不起！谁要是买到了这个宝贝，那就占了大便宜啊！”他一旦说了这样的话，台下的竞拍者就开始激动万分地喊价了。

凭借这个本事，拉什成为每一场拍卖会的灵魂人物，他非常享受站在台上做主持人的感觉，在这里，他无往不胜。

然而，最近的一场拍卖会，却让拉什气得七窍生烟。

2

拉什真不明白那天到底是中了什么邪，那天，他像往常一样主持拍卖会，开始的时候还好好的，可是拍卖会进行到一半，人群中不知发生了什么事，吸引了所有人的注意力。无论拉什怎样声嘶力竭地赞美手中的藏品，都无法让人们多看他一眼。

到底是怎么回事？！拉什气愤地跳上桌子，四处张望，这才看见人们簇拥着一个头戴礼帽、手持银手杖的老人。哦！原来是“普初加里的皇帝”来了！

拉什撇了撇嘴，他不觉得一个疯子就能扰乱他的拍卖会，然而很快他就发现，扬正在接受所有人的问候致意。人群里闹哄哄的，他们早就把拍卖会上的藏品忘到脑后了！

不能再这么下去了！拉什一溜烟儿跑到了扬的面前，劈手夺过了他的帽子和手杖。

“出去，出去！你知道这是什么地方吗？你怎么敢到这里？！”

“不……我的帽子！我的手杖！把我的东西还给我！”扬慌慌张张地叫道。

“你的东西？告诉你吧，这全都是我的东西！”拉什冷笑着说，“所有人都知道，这顶帽子和这根手杖是属于我岳父艾里克的，那么自然也应该传给我！你怎么敢拿着属于我们家族的东西，假扮什么皇帝？”

“你认为我在假扮皇帝？”扬愤怒地说，他转向了跟在他身后的人们，“普初加里的臣民们！现在到了你们向皇帝陛下尽忠的时候了！把我的帽子和手杖夺回来，让他看看皇帝陛下的威势！”

然而，身后那些人一个个都哄堂大笑起来。在他们眼中，扬只不过是一个愚蠢的跳梁小丑，谁会把他的话当一回事呢？

扬左右看看，不可置信地发现自己遭到了背叛。他只能自己走上前去，试图从拉什手中夺回帽子和手杖。

不过，拉什的动作比他更快。扬还没走到跟前，拉什就已经挥起了银手杖，在他的脊背上狠狠地来了一下子。

“快滚，疯老头儿！你应该回农场干活儿，而不是在这里犯病！”

扬完全没想到他会突然动粗，他吓了一跳，连忙夺路而逃，身后还传来了人们的哄笑声和拉什得意扬扬的声音。

“你们就应该听我的，朋友们！”拉什嚷道，“再陪着他胡闹下去，他真要以为自己是什么普初加里的皇帝了！让他早点儿清醒过来，比什么都强！”

第二天一大早，扬沉默地换上了他以前的破旧衣裳，回到拉什的农场里工作了。

3

拍卖会上的闹剧结束后，又过去了半个多月。扬每天前往农场干活儿，仿佛又回到了以前，他再也不觉得自己是什么普初加里的皇帝陛下了。

这天，农场举办了一次教义知识竞赛。所有的雇工都需要参加这次教义知识竞赛，扬也不例外。他沉默地缩在角落里，不和任何人搭话，也不再说什么和普初加里相关的事情。当牧师叫“扬·安德逊”的时候，他举手示意自己在这里，除此之外，他什么事也没有做。

牧师发现扬对所有教义都对答如流，他向拉什点了点头：“扬是真的痊愈了，他真是应该感谢你啊。”

“没错，他要是有点儿良心，就应该这么做！”拉什一脸得意地说。

在场所有的人都盯着扬看，而扬像是一点儿感觉都没有，他正专心致志地看着牧师，等待他继续讲解孝敬老人的教义。

牧师正讲着，扬忽然站了起来，他指着门外，说：“有人在敲门呢，你们都没有听到吗？”

人们都觉得很奇怪，牧师说道：“我并没有听到敲门声，柏尔叶先生，请你去看一看吧。”

柏尔叶推开门四处张望，之后他摇了摇头：“外面没有人。”

牧师只当是扬听错了，并没有在意，继续讲起了孝敬老人的教义。可是，扬依然不依不饶。他推了卡特丽娜一把，示意她去门外看看。卡特丽娜虽然不情愿，但还是起身去看了。

“门外根本没有人，你为什么总说些傻话呀？”卡特丽娜不高兴地说道。

讲台上的牧师并没有注意到这一切，依然沉浸在讲授教义之中。

“每一位老人到了暮年，都希望身边有子女陪伴着他……”

忽然，人群中传来了低低的啜泣声，大家仔细一看，这才发现是艾里克太太正在低声哭泣，她一定是想起了艾里克先生吧！

拉什连忙走到艾里克太太身后，轻轻地拍着她的肩膀，小声安慰着她。有些人被拉什的举动打动了，有些人却不屑地说：“他在装样子呢！他巴不得在牧师面前做出这一副体贴孝顺的模样来！”

不过，艾里克太太的情绪非常激动，短时间内无法停止哭泣。就在这个时候，扬忽然站起了身，径直向门口走去。他打开了门，大声说道：“请进，请进！有什么话，就请在这里说吧！”

这次牧师动怒了，他认为，扬是在故意扰乱教堂的秩序：“你到底在和谁说话呀，扬？”

“我在和我过去的雇主艾里克先生说话。”扬面无表情地说道，“艾里克先生没有办法直接和他的女婿拉什对话，因此托我传话。艾里克先生说：‘你应当好好学习一下孝敬老人的教义，拉什！在仲夏节结束以后，你应当早早前往教堂忏悔。你心里清楚，如果不是因为你故意拖延了救援时间，我就不会这么凄惨地死去！’艾里克先生就说了这些话，说完以后，他就离开了。”

教堂里一下子安静了下来，所有人都面面相觑，不知道说什么好。拉什的脸上一阵红一阵白，气恼地喊道：“我怎么会做出这种事呢？！你们别听他胡说八道！你们难道不知道，扬患了疯病，他说的话都是没有根据的！说实在的，我也应该向扬道歉，毕竟他女儿是为了还我钱才出门打工、从此失踪的。”

教堂里的人们小声议论着，显然，大家并不相信拉什说的话。

“你真的没有做过这样的恶事吗，拉什？”牧师质问道。

“当然没有！”拉什气愤地嚷嚷了起来，“他所说的话怎么能信呢？！他还一天到晚都说自己是一位皇帝呢！他说我是个杀人犯，你们就真的信了吗？！”

牧师也觉得心烦意乱。在扬和拉什之间，他不知道自己到底应该相信谁。对了，为什么不问问艾里克太太呢？牧师连忙去找艾里克太太，可是让人遗憾的是，她已经悄悄离开了。

“好了，今天的教义课程就到此为止吧。”牧师不悦地说，卡特丽娜赶紧拽着扬离开了房间。

等牧师收拾好东西打算出门的时候，他发现拉什一言不发地站在门口。

“喂，”拉什沉着脸说，“刚才你听到了吗？扬提到了仲夏节后的周末这个时间点。你大概不知道，去年仲夏节后的第一个周末，我去找扬要债了，我看，他就是在报复我。”

“事情的真相，只有你自己心里清楚。”牧师冷静地看着他，“我不会对此再多说什么了，等到你想要忏悔的时候，就来找我吧。”

4

天气渐冷，冬天来了。这是克拉拉走后扬和卡特丽娜夫妇二人孤孤单单过的第二个冬天，他们依然在思念着自己的女儿克拉拉。他们推掉了所有的工作安排，这酷寒的天气实在不适合出门工作。

天一黑，卡特丽娜就上床打算睡觉了，可是扬依然在屋子里踱来踱去。

“喂，老头子，你还不睡吗？”

“等一等，等一等。”扬说道，“我有事要办，我要等阿格里巴。”

“你干吗要等那个怪人？！”卡特丽娜诧异地说，可是，扬没有答话。卡特丽娜叹了口气，只好起来忙活自己的家务，陪着扬一起等。

“该来啦，该来啦，怎么还不来呢？”扬嘀嘀咕咕地说着。

“说真的，我们和阿格里巴从来不打交道，你等他干吗？！”卡特丽娜忍不住再一次发问。

扬叹了口气，不知道该如何回答。他也不明白为什么，今天竟然对阿格里巴的动向非常关注。他还想在窗边站一站，期盼着会有什么人送来有关克拉拉的消息。为什么人们都不再谈论克拉拉女王了呢？难道，是他犯了什么错误，导致了女王的不满吗？

毕竟，女王已经很久很久没有给家里写过信了啊。

扬又在屋里踱了很久，一直到夜深以后，才在卡特丽娜的催促下走向了床边。才睡下没一会儿，扬又爬了起来，窸窸窣窣地穿着衣服。

“到底是怎么回事啊，老头子！”卡特丽娜嚷道。

“我要去一趟森林。”扬用古怪的语气说道，“是克拉拉让我去的，我刚才梦到她了。”

卡特丽娜拿这个老头子一点儿办法都没有，夜已经深了，他独自去森林里或许会遇到危险，所以，她只能陪着他同去。

5

不知什么时候下起了雪，温度越来越低了，扬和卡特丽娜每向前一步，都不由自主地打着哆嗦。他们踉踉跄跄地踩在雪地上，走进树林，看到前方有一块巨大的石头。

“扬……”卡特丽娜忽然小声地叫了丈夫一声，她拽了拽扬的衣袖，“你有没有看到前面那个人？石头底下的那个人，他是谁呀？”

扬也呆住了，他从来没有见过身形这么巨大的人，他退后一步，想要立刻逃跑，但最终还是控制住了自己。他小心翼翼地挪着步子向前走去，试探地碰了碰那个人。

“卡特丽娜，快来帮帮我！”他大声喊，“这是修钟匠阿格里巴！他已经被冻僵了！我们必须想点儿办法！”

卡特丽娜走上前看清了，也吓了一跳，两个人连忙设法将阿格里巴拖出了寒冷的树林，将他带回家，灌下热汤，这才救了阿格里巴一命。

“幸亏克拉拉托梦给我，不然，阿格里巴就算冻死在树林里，都没有人知道！”扬后怕地说道。

过了几天，阿格里巴上门向他们夫妻正式道谢。

“谢谢你们救了我的命。”阿格里巴郑重地说，“扬，我为我以前说的那些浑话向你道歉！”

“别再把那些事放在心上了，早都已经过去了。”

“不，我非得报答你们不可！”阿格里巴着急地说，“我替你们出了一口恶气呢！我前两天碰到了那个给克拉拉送红裙子的商人，你们还记得他吗？如果不是他给克拉拉安排了工作，她大概早就已经回来了。这个商人真是可恨！我一看到他，就揪住了他的领子，把他痛打了一顿！”

“什么？！你，你简直是莫名其妙！那么，他有没有提起与克拉拉相关的事情？”扬赶紧问道。

“没有，他抱头鼠窜，什么也没说。好了，总之我们现在扯平了，再见！”

扬瘫坐在地，什么话也说不出来。商人之所以回到这片教区，或许就是来找他们夫妇的，想告诉他们有关克拉拉的最新情况。然而现在他去了哪里呢？没有人知道了！

6

庆祝完仲夏节以后，扬的朋友老织网工奥尔举办了一个盛大的宴会，招待了所有的亲戚朋友。

这是怎么回事？老奥尔不是个穷人吗？他怎么拿得出这么一大笔钱？

原来，老织网工也曾经有过万贯家财。他年老时，就把所有钱都分给了两个儿子。大儿子生性懒惰，又没有能挣钱的手艺，很快挥霍完了财产，早早就死去了。小儿子很擅长理财，他的生活越过越好。

这些年来，老织网工一直住在大儿子家里，由于大儿子花完了所有的钱，老人的生活也变得越来越艰难。小儿子明明知道父亲的状况，却不愿拿出一分钱来赡养他。后来，穷困潦倒的大儿子死去了，小儿子才来邀请父亲和他同住，不过这份迟来的孝心遭到了拒绝。

从此以后，这片教区的所有人都知道了，老织网工家的小儿子是一个自私自利的家伙。

谁都没想到，老织网工会在今年的这个时候举行一场宴会，他和他的大儿媳妇作为主人，小儿子、小儿媳和周围的邻居们都收到了邀请。当小儿子踏入宴会现场时，他就觉得浑身不自在。

瞧瞧吧，可怜的老父亲平时节衣缩食，从来都舍不得多花一分钱，却在这个时候慷慨地宴请周围所有人，真是让人难受。况且，小儿子和小儿媳妇向来不和这些贫穷的邻居打交道，他根本不知道该怎样和他们搭话。

这天早上，小儿子早早就来看望老织网工了。他们一同吃过早饭、喝过咖啡，小儿子邀请父亲一起出门钓鱼。

“这次宴会也请了拉什吧，是不是？”小儿子假装不经意地说道。

“他？不，没有请他。”老织网工懒洋洋地说，“最近他总是一身酒气，人们都说他变了一个样。人们还说，都是因为他，可怜的老艾里克才早早死去。”

小儿子点了点头：“我也觉得是这样，他心里肯定有鬼，不然，干吗每天喝那么多酒呢？我看，从此以后他都不敢再出现在人们面前了吧！真想听听牧师先生会怎么说。啊，您知道扬最近的动向吗？”

“据说扬的疯病已经治愈了。”老织网工欣慰地说道，“不过，他没有接受邀请，我想那是因为他不喜欢出门。”

“说起来，扬到底碰上了什么事？”

“他女儿克拉拉离家打工以后，就没有一点儿音信了，扬伤心过度，才慢慢变成了这个样子。唉，现在的年轻人啊，真是一点儿都不懂得孝敬老人。”老织网工叹了口气，小儿子却觉得父亲是在影射他，他有些不自在地站了起来，“我们该回去了，父亲，时间已经不早了。”

小儿子已经明显感觉到，父亲对他有些看法了。宴会开始了，人们欢聚一堂，觥筹交错，就在大家互相祝酒的时候，老织网工忽然站起了身。

“朋友们，我要跟大家谈一谈我的这个小儿子。”他说，“能有这样孝顺的儿子和儿媳，我实在感到非常欣慰。尽管我是个又穷又没用的老头子，可他们从来没有小瞧我、没有忽视我。丽莎呢？她就不一样啦。她经常不客气地埋怨我早年不应该太惯着大儿子，又埋怨我不应该大手大脚花钱，真是的！”

“您对我不也是一样吗？”老人的大儿媳妇丽莎撇了撇嘴，“您总是批评我不应该把菜炒煳呢。”

老织网工并没有因她这句话而生气，相反，他哈哈大笑了起来，带头鼓起了掌。

“你们瞧！我的大儿媳妇简直就是将我看成了亲生父亲！只有真正的父女之间，才会这样想说什么就说什么，毫无芥蒂！这就是我想说的，我真是个幸福的老头子呀！”

坐在对面的小儿子简直不知道应该把手脚往哪里放，他感觉，事情很快就要朝着不受控制的方向发展了。

7

就在这时，有人推开了门，原来是拉什和他的妻子前来参加宴会了。所有人都看向拉什，小声议论着他最近酗酒的事，没有人注意小儿子了，小儿子这才擦了擦额头的冷汗。

可是，老织网工只是远远地冲着拉什一点头，并没有停下自己的话头。他继续指了指对面的小儿子，说："我有一张一万七千克朗的欠条找不到了，你还记不记得？我们翻箱倒柜找了好久，最后断定它已经丢了。可我前两天碰到了扬，他对我说，他在梦里看得明明白白，那张欠条就在我床头柜的右边抽屉里。"

"什么？"小儿子难以置信地说，"那么，您核实过了吗？"

"我立刻就回家去瞧了瞧，你猜怎么着？果然就在我抽屉的夹缝里！"老人兴高采烈地说道，"我拿着这张欠条找到了当时欠我钱的人，遗憾的是，那个人早就已经去世了。他儿子接待了我，承诺说他会替他父亲还这笔钱，你看，他还给我写了一张新欠条呢！"

老人拿出了那张新欠条，小儿子接过来仔细看了看，点头表示这张欠条是完全有效的。小儿子的妻子探头过来看了一眼，忍不住大呼小叫起来。

“爸爸，这是怎么回事呀？”她惊讶地喊，“为什么收款人一栏中写的是丽莎的名字？您要将这一大笔钱都留给她吗？为什么？！我们也是您的儿子和儿媳呀！”

“听听你说的话！你不觉得非常离谱吗？”老织网工根本没有耐心和小儿媳妇多说。

小儿媳妇狠狠拽了拽她的丈夫，小儿子不得不开口说道：“爸爸，是这样的……”

然而，他的话还没说完，不远处就传来了酒瓶碎裂的声音，人们循着声音看去，原来是满身酒气的拉什狠狠地砸碎了手里的酒瓶子。

“你们听听！你们听听！”拉什大着舌头吼道，“扬简直就成了个预言家！他都能知道老织网工的欠条在哪里，是不是也知道我将死在哪里？哼，让我们瞧着吧，瞧着吧！”

拉什跌跌撞撞地往外走去，随手一推，将一张放满碗碟的餐桌推翻了。所有人都被吓住了，没有人想到要拦他一下。拉什发出了一阵令人头皮发麻的傻笑声，扬长而去。拉什的妻子一边大哭一边叫着他的名字，而拉什只留下了最后一句话：“我要离开你们了！我再也不会回来了！”

8

当老织网工举办的宴会上发生这样的骇人一幕时，扬正一个人坐在自己家门口的台阶上。

他觉得有些不舒服，天气太闷了，他简直喘不上气来，不得不坐在这里呼吸新鲜空气。他仰头看着远处的云朵，傍晚来临了，天边的云彩被瑰丽的晚霞浸透，仿佛是一团燃烧的火焰。扬紧紧地盯着天边的景象，忽然浑身发抖。

“完了，完了，一切都要完了！”他低声咕哝着，自己也不明白为什么突然变得这么害怕，他觉得天空要塌陷、大地要裂开了。就在他快要昏厥过去的时候，恍惚中看见卡特丽娜和老织网工向着自己的方向跑了过来。

“老天爷啊，扬！你生病了吗？发生了什么事？！”卡特丽娜抱着他连连叫道，老织网工忙不迭地送来了水，可是扬根本喝不下去，他颤抖着嘴唇，喃喃地说：

“快跑吧，你们快跑，不然就来不及了！完蛋了……所有人都要完蛋了！”

“你在说什么胡话啊？”

“你们没听见吗？！”扬连连喘着粗气，气愤地喊道，“你们没有听见地面深处传来的震颤吗？我们的世界就要完蛋了！”

卡特丽娜和老织网工仔细地辨别着，果然，从大山深处传来了隆隆的响声。

“我认为，那只是马车经过的动静而已。”卡特丽娜说，“不过，这么大的响动本身也够奇怪的了。”

就在这时，远方忽然传来了一声巨响，仿佛是一辆马车狠狠地撞在了树上。

扬叫了起来："你们听到了吗？完蛋了！"

"不管发生了什么事，总之，你得跟我回家。"卡特丽娜半扶半拽地把扬抱了起来，老织网工则眉头紧皱，看向了远方。

"没错，我得去法拉农场看一看了。"老织网工说。

9

老织网工刚刚离开，远处那辆马车就从扬的门前驶过去了。

卡特丽娜探头看了一眼，不由得吓了一跳。

"天哪，那是拉什吗？"

没错，她看见的正是拉什。满身酒气的拉什被拖在马车后面，已经一点儿都不动弹了。他实在是醉得太厉害了，肯定是在驾驶马车的时候发生了意外。

卡特丽娜匆匆赶去救助拉什，扬浑身一点儿力气都没有，因此还躺在原地。太阳渐渐西沉，扬闭着眼睛，能够感觉到夕阳的温暖在渐渐消散。他忽然没来由地想起了疯疯癫癫的堂姐因伯尔依，想起了她执意要送给他的那些星星。

对了，那些星星！扬忽然后悔了起来，他想，也许就是因为他对因伯尔依太过冷漠，就连克拉拉也生了他的气，才一连这么多年没有写信回来。唉，他真是做了一件错事！如果当初他同意让因伯尔依前往普初加里，说不定克拉拉早就回来了！

想到这儿，扬又有了力气。他从地上跳了起来，碰巧看到卡特丽娜又惊又喜地向他跑了过来。

“你感觉好些了吗，扬？你没事就好，刚才我真是不知道该怎么办！你瞧，这是什么？”卡特丽娜冲他扬了扬手里的东西，原来是扬那顶最珍爱的礼帽，以及他那把不舍离身的银色手杖！扬连忙伸手接了过来，笑得合不拢嘴。

“艾里克太太知道你非常喜欢这两样东西，所以专门嘱咐我，要将它们还给你。”卡特丽娜说道。她话音刚落，扬已经戴上礼帽，攥紧了手杖，高高兴兴地在家门前走来走去。

他的盛装回来了！现在，他又是尊贵的普初加里的皇帝陛下了！扬想，这一切都是因为他在心里向因伯尔依堂姐道了歉，克拉拉明白了他的想法，这才让卡特丽娜给他送来皇帝的盛装。接下来，他只需要立刻找到因伯尔依，将她派遣到普初加里，那么，克拉拉很快就会回到他身边。

卡特丽娜看着兴高采烈的扬，忽然觉得鼻子一酸，眼泪差点儿掉下来。她连忙用手帕揩着自己的眼角，转身匆匆走进了房间，哽咽着轻声说：“你可以彻底放心了，扬……再也不会有人抢走你的礼帽和手杖了，因为，因为拉什已经死了……”

卡特丽娜明白，礼帽和手杖对扬来说有多重要。艾里克太太曾说过，这两件东西代表着家族的荣誉，它们只能交到善良正直的人手中。这两件东西就像扬的勋章，也是扬维护克拉拉女王尊严和权力的象征，扬即使变成了现在这副模样，他依然想成为女儿心中的好父亲。

10

几天后，卡特丽娜照例早早出门，她要前往洛夫达腊庄园，这些天来，她都在替庄园里的利尔叶克鲁纳夫人织棉纱。

一看到她织出来的棉纱，利尔叶克鲁纳夫人就赞不绝口，说道：“我简直没见过比你更勤快更手巧的女人了，卡特丽娜，幸亏有你挣钱养活扬啊！”

这话虽然是在夸奖卡特丽娜，可是她却有些不自在，她说：“扬并不是好吃懒做的闲汉，只是他经常生病，没办法外出干活儿。”

“是这样的吗？可我经常听人们说，扬穿着奇奇怪怪的衣服，唱着五音不全的歌儿，总是跑到人家家里说些傻话。”利尔叶克鲁纳夫人一点儿都不喜欢扬，因此她的话也毫不留情。

卡特丽娜的脸上热辣辣的，她支支吾吾地说：“那，那是因为扬已经上了年纪。许多上了年纪的人都是这样的……”

“不管怎么说，我还是觉得，扬能娶你为妻，真是他的福气！”利尔叶克鲁纳夫人拍了拍卡特丽娜的肩膀，忧心忡忡地说道，“不过，你也要尽快想个办法才行，总不能让他这么一天天疯下去呀！把他送到精神病院去吧，你说呢？我这可都是为你着想啊！”

卡特丽娜睁大了眼睛，她不可思议地盯着面前的利尔叶克鲁纳夫人，不敢相信她说出了这样的话。

“把我的丈夫送到精神病院里去？您说的是真的吗？这怎么可能！我绝对不会做出这样的事来！我的丈夫一点儿都不疯！”

“听听你说的话吧，卡特丽娜，你明知道他早就疯了。”利尔叶克鲁纳夫人长长地叹了一口气，不过，她并没有就这个问题多说什么，因为她知道这个老妇人已经够可怜的了，“不管怎么说，我会尽我最大努力来帮助你的，卡特丽娜。我也相信，你的女儿会早日回家，扬也会一天天康复的。接下来，请你继续帮我织棉纱好吗？洛夫达腊庄园需要的棉纱可不少呢！希望这笔钱可以让你们的生活过得好一些。”

卡特丽娜感动极了，她拭去了自己眼角的泪水，连连点头道：“谢谢您，谢谢您，夫人！我真不知道应该说些什么！这些日子以来，我和扬相互扶持，过得实在是太不容易了，幸好还有您这样的好心人愿意帮助我们！”

听到卡特丽娜的这一番话，利尔叶克鲁纳夫人的眼眶也红了。卡特丽娜向她挥手致意，随即转身离开了洛夫达腊庄园。她实在没有时间继续伤心，她还有不少棉纱要织呢。

最近，扬和卡特丽娜居住的小屋有些漏雨，卡特丽娜需要再多赶制一些棉纱，用来换钱修补房屋，这座小屋可是克拉拉用一百克朗换回来的家。扬和卡特丽娜曾经也想过出去找一找女儿，可他们并不知道克拉拉到底在哪里，万一互相错过，他们或许将永远失去自己的宝贝女儿。克拉拉一定记得家的位置，如果他们也离开了这座小屋去了其他地方，克拉拉就找不到回家的路了。

卡特丽娜也很思念女儿，但这个家里已经不允许再增添一个病人了。扬现在需要人照顾，如果克拉拉回来看不到扬，她应该会很难过，毕竟扬在女儿的心里可是上帝一般的存在。在卡特丽娜眼中，扬的病情还不至于要将他送进精神病院。扬曾经说过，会陪着卡特丽娜守在小屋里一起等着克拉拉回来。扬也是一直这么做的，虽然有时候他并不清醒，但扬并没有给任何人添麻烦，反而帮助大家做了不少好事。

扬刚开始发疯的时候，有很多看不起扬的人，他们放肆地嘲笑他，有很多人也试图骂醒扬，将他从普初加里王国中拯救出来。但扬看不到他们的目光，也听不到他们说的话，他觉得，只要自己善待这些子民，他们也一定会对克拉拉女王更加尊敬，女王的尊严不能毁在自己的手里。扬的宽仁与大爱感动了人们，久而久之，人们似乎已经习惯了村里有这位普初加里皇帝的存在，都对他敬爱有加，也不会再有人对他指指点点。

村里的孩子们很喜欢围在扬的身边听克拉拉女王的故事，扬也很乐意将女王的成长经历分享给孩子们听。孩子们每次都听得津津有味，学校里没有小孩子不知道克拉拉女王的故事，虽然他们知道也许这位女王并不存在，但他们都希望能早些见到她。孩子们还为克拉拉女王编了一首童谣：

远处宫殿真精致，
住着女王克拉拉。
女王美丽又大方，

勤于理政难回家。

皇帝为她熬鱼汤，

等着女王快回家。

大多数大人对克拉拉女王的故事并不热衷，他们只对扬有时候随口说出的话更感兴趣。当人们有解决不了的事情时，偶尔会去找这位普初加里的皇帝，请皇帝对这件事情做出预知或评判。有些人对普初加里皇帝的预言能力深信不疑，有些人则觉得只不过是扬的运气好，刚好看到了那件事情发生的前兆。不得不说，扬处理起事情来，确实像一位皇帝，既不失公允，又不缺仁爱。

来到这个村的过路人也常常会听到关于克拉拉女王和普初加里的皇帝的事情，当他们知道女王的父亲就是眼前疯疯癫癫的扬时，难免会大吃一惊。不过这位皇帝说话时很谦和，过路人出于好奇也喜欢和他说两句，然后又将他们父女俩的故事作为饭后的谈资，说笑一番。

第八章 克拉拉归来

1

即使那两间小屋已经很破败，房屋周围用钉子和木板修补了很多遍，但扬和卡特丽娜一直住在那里。扬每天风雨无阻地跑到码头去等载着女儿回来的船只，卡特丽娜则将对女儿的思念藏进了一根根纱线里，纺织机每发出一声“吱呀”声，就像在念着克拉拉的名字。

这一天终于到来了，克拉拉回来了！

十五年前，她坐着轮船离开那个小小的码头。而现在，她已经不再乘船了。她乘着火车回到了小镇上，随后跳上了一辆马车，将自家地址告诉了马车夫。

不巧的是，扬当时没有在家，因为他早早就出门前往码头了。这些年来，他每天都风雨无阻地去往那里，他希望，当克拉拉乘着轮船回来的时候，能够一眼就在码头上看到父亲的身影。

对于扬来说，克拉拉不在的每一天都是难熬的，他不得不一次次回忆着克拉拉小时候的时光。那时候，她是个多么聪明懂事的小姑娘呀！可是自从她登上了那艘轮船，扬的生命里就失去了阳光，只剩下了灰暗和寒冷。

从码头回来以后，扬迈着沉重的步子走向农场，他想找艾里克太太聊聊天。然而他不知道，就在同一时刻，克拉拉刚好踏进了家门。

此时此刻，卡特丽娜正坐在房间里埋头纺纱，她要做的活儿实在太多了，从早到晚，她都没办法离开纺织机一步。就在这个时候，她忽然听见门口传来一阵马车经过的声音，这真是一桩稀罕事。平时，几乎不会有马车驶过他们的门前。卡特丽娜的手微微哆嗦了一下，试图把纺织机推开，走到门前看看发生了什么事。她的步子很慢，毕竟，她已经有七十多岁了。

卡特丽娜推开了窗子，她远远看见前方驶来了一辆载人的马车，而不是拉货的马车。卡特丽娜觉得自己有点儿喘不过气来，她没来由地想，那辆马车上的人一定是克拉拉！

克拉拉已经离家十五年了，在这些日子里，卡特丽娜没有一天不想念她。到了最后，她几乎已经不奢望女儿还会回家了。可是就在这一刻，当她看见远处那辆马车的时候，卡特丽娜只觉得巨大的喜悦感涌上了心头。克拉拉回来了，一定是这样！卡特丽娜浑身发抖，她摸了摸身上的旧衣服，心想，总不能穿着这身衣服迎接久别重逢的女儿吧！她蹒跚着走回卧室，想要换一件体面些的衣服，可是她的手不停地颤抖着，甚至没办法打开衣柜。算了，旧衣服就旧衣服吧，她必须去迎接女儿了！

2

卡特丽娜匆匆地走到了家门口，这个时候，马车也刚好停下来。克拉拉弓着身子，从马车上走了下来。

克拉拉头戴一顶鲜艳夸张的帽子，身穿颜色艳丽的衣裙，领口和袖口上绣满了精细的碎花图案。她站稳了身子，一扭头，就看到了门口的卡特丽娜。

卡特丽娜呆呆地站在那里，一动不动地看着面前这个熟悉又陌生的人。她无数次梦到和女儿重逢，可是，梦里的情境和眼前的一点儿都不一样。她不知道该说什么，也不知道该做什么。

“噢，妈妈！我亲爱的妈妈！”克拉拉激动地喊了起来，她向着母亲飞奔过去，伸开手臂，紧紧地抱住了她。可是卡特丽娜一动也没有动，也没有说话，她好像成了一个木头人。

什么！克拉拉回来了？完好无损，一点儿事都没有？那么，她这十五年来究竟经历了什么呢？她为什么不写信？她为什么不回家？

“妈妈，妈妈，您好好看看我呀！您不认识我了吗？我是克拉拉呀！”克拉拉挽着母亲的手臂，连声说道。

没错，这的确是她的女儿，可是眼前的克拉拉变得太多了。十五年前，克拉拉还是一个身穿红裙子的小姑娘，青春靓丽。可是现在呢，她已经变成了一个脸色蜡黄的中年女人，凌乱的发丝中夹杂着些许白发，身材也胖了不少。这是克拉拉吗？她居然已经三十多岁了！

卡特丽娜被克拉拉搀进了屋子里，她坐了下来，一双眼睛却始终直勾勾地盯着眼前的人。这个人声称自己就是克拉拉，然而，卡特丽娜却感到陌生极了。她印象中的克拉拉还是那个十七岁的小姑娘，活泼可爱，无忧无虑，永远都是父母的掌上明珠。眼前这个身穿绫罗绸缎的女人究竟是谁？她和克拉拉没有一点儿相似之处！

卡特丽娜甚至萌生出了一个可怕的念头，她想，要是克拉拉没有回家就好了，那样的话，自己心目中的女儿就永远都是当年的样子。

3

“这些年来，你究竟在做什么呢？”卡特丽娜好不容易才张开了嘴巴，她沙哑地问克拉拉，“你不知道爸爸妈妈一直在担心你吗？为什么不写信回来呢？”

克拉拉抱歉地说：“最开始的那段时间，我过得非常辛苦，每天吃不饱穿不暖，因此不愿意写信回来，怕你们难过。后来，我挣到了一笔小钱，开了一家餐厅，我决心在大城市里站稳脚跟。我越来越忙，也没有什么值得写进信里的事。后来，我决定攒钱买房子，把你们接过去一起住，我总要挣到足够多的钱，才能给你们写信呀！现在，我的所有目标都实现了，我已经攒下了足够的钱，可以带你们离开这里了。妈妈，我们快收拾收拾，准备走吧！”

“你根本不知道，你离开的这些年，我们都过着什么样的日子。”卡特丽娜难过地说，“就算你再忙，也总该写一封信回来啊！我们甚至连你是生是死都不知道，你考虑过我们的心情吗？”

克拉拉也愣在了原地，她完全没有想到，自己会面临这样的指责。她支支吾吾地说：“可是，可是我也只是想再多挣一些钱，让你们摆脱以前的穷日子啊！难道，我做错了吗？”

“穷并不可怕，一家人生活在一起才是最重要的。”卡特丽娜悲伤地说。

克拉拉不愿意就这个问题多说什么了，她转身走向了屋外的马车，请马车夫帮忙搬下一件件行李，她叫道：“妈妈，你快过来看看吧，我带回来不少好东西呢！你瞧这些食物，你们平时都不容易吃到吧？我们快准备准备，给爸爸做一顿丰盛的大餐！”

卡特丽娜看着女儿忙忙碌碌的身影，她张了张嘴，又不知道该说什么。克拉拉完全不知道扬的状态，恐怕她还以为扬像过去那样，在农场里干活儿呢。卡特丽娜犹豫了一会儿，实在不忍心将事实说出口。尽管她对克拉拉有着诸多埋怨，可她到底还是有着慈母的心。无论如何，还是晚一些再告诉她吧！

4

克拉拉忙活了好一会儿，才将所有的行李都从马车上搬下来，就在这时，远处忽然跑来了一群小孩子。他们嘻嘻哈哈地围住了克拉拉，嚷嚷着说：“克拉拉女王！克拉拉女王回来啦！”

伴随着孩子们的叫喊声，一个老头儿从远处缓缓走了过来。他头戴礼帽，手持银色手杖，颈上还挂着一串彩纸折成的星星。他神色威严，姿态高傲，昂着下巴走了过来。

“那可真是个古怪的老头儿，他有什么毛病呀？”克拉拉咕哝着说。她挥手打发走了马车夫，带着行李往家走。令她没有想到的是，远处那个古怪的老头儿也正朝着家的方向走过来。

“天哪，那不会是……”克拉拉猛然意识到了什么，她不可思议地盯着这个老头儿，随即冲到了房间里，找到了卡特丽娜。

“妈妈，妈妈！你快告诉我，爸爸出了什么事？难道他疯了吗？他为什么表现出那副样子来？”

“你的爸爸的确和正常人不一样了，我的孩子。”

卡特丽娜没有时间再多说什么，扬已经走到了门口。那群总是嘲笑他的顽童也聚在不远处，他们早就听惯了扬吹嘘克拉拉女王有关的事情，他们很想看看，这对父女真正重逢时，到底是个什么样子。

“笃，笃，笃！”扬用力地用银色手杖敲着地面，然后，他郑重地高声说道，“让我们一同欢迎太阳重临人间——让我们欢迎克拉拉女王的回归吧！”

他一字一顿地说着，眼中涌出了滚烫的泪水，他深情地凝视着面前的女儿，声音不由自主地打着战。

他身后的那群孩子呢，这时候又嘻嘻哈哈地笑了起来。

克拉拉真是不知道该怎么办，她简直不愿意承认眼前这个疯老头儿就是她的父亲！她想转身回房间，可是卡特丽娜不让她那么做。扬一下下地敲着手杖打着节拍，张口唱起了那首普初加里的皇帝之歌，克拉拉皱紧了眉头，她正想说什么，就被卡特丽娜拽住了衣袖。

“他想唱，你就让他唱吧。这么多年了，他把这首歌唱了无数遍，但我知道，他最想唱给你听。”

克拉拉无法拒绝，她只好听着扬唱了起来。

我是一位女王的父亲，我统治着这个王国。

我手持着这根银色的手杖，正如士兵端着他的枪。

胡萝卜永远也不会端上我的餐桌，我再也不会穿有补丁的衣裳。

瞧见我头戴的这顶礼帽了吗？这可是一顶至高无上的皇冠！

如果没有随从们毕恭毕敬地等着我，我就不会踏出家门一步；

如果没有一身适合我的绫罗绸缎，我就不会踏出家门一步。

没错，这就是我，我是一位女王的父亲，轰隆隆……

扬的歌儿还没唱完，就被忍无可忍的克拉拉打断了。她大喊大叫，将门口看热闹的小孩都轰走了，随即冲着她父亲气愤地吼道：“你到底有什么毛病呀，爸爸！你为什么要让他们叫我女王？你难道不觉得丢脸吗？我可真是没办法忍受这一切！”

扬张口结舌，他深深地埋下了头，不敢和女儿的目光对视。这些年来，他一直在等待着这一天，要亲口将他最喜欢的这首歌唱给女儿听。他没有想到，克拉拉会是这样的反应。

不喜欢这首歌就算了吧！毕竟她是一位女王，完全有资格任性。克拉拉回到了他的身边，他应该知足了，难道不是吗？

5

克拉拉回来后，扬的症状并没有得到缓解。扬不再去码头，但他每天在村里敲着手杖通知人们，他的女儿回来了。

每天都有不少人站在扬的家门口，他们都想看看克拉拉女王长什么样子。克拉拉觉得自己就像台上的小丑，人们对她品头论足，还时不时向她投来奇怪的目光，谴责或是称赞她的人都有。克拉拉从来没想过自己会被推到人群中间，供人们围观。克拉拉出门时，也会有一群孩子会围着自己唱童谣，还常常围着她叫“克拉拉女王”，村里的人看到这样的情景也不阻止，反而还跟着孩子们叫她“女王”。

好不容易等到吃饭的时间，人群散去了，克拉拉又不得不面对扬。每次吃饭时，扬总会盯着克拉拉看，偶尔还突然对着克拉拉傻笑。克拉拉带回来的食物很美味，但扬的眼里只有女儿，经常需要卡特丽娜拉一拉扬的衣袖提醒，扬才会胡乱往嘴巴里扒两口食物。

克拉拉回来之前，扬总觉得自己跟她会有说不完的话，但当女儿真的坐到自己面前了，扬又不知道那些话应该从何说起，于是他只好讲起关于普初加里的事情。可扬明显感觉到，克拉拉并不喜欢听，也许是女儿这么多年工作太累了，所以她回到家后一点儿也不想听关于工作的事。

克拉拉回来的第三天，已经迫不及待想离开这里，她对卡特丽娜说："妈妈，过几天我们一起离开这儿吧。"

"好啊，你的爸爸也想去你现在居住的地方看看呢。"卡特丽娜理了理克拉拉鬓角的碎发。

克拉拉激动地站了起来，握住了母亲的手说："不，我不会带爸爸一起去的，只想带上你，爸爸我会安置好的。你明明知道，他已经不再是从前的爸爸了。这么多年，你照顾他已经够辛苦了，不是吗？"

听完克拉拉说的话，卡特丽娜捂着脸哭了起来："可是你的爸爸一直希望我们一家人能生活在一起，他从你离家后就盼着你回来的这一天。"

"妈妈，这些年我也过得很辛苦，我也希望能早一天和你们团聚，但爸爸现在完全活在另一个世界里，带着他，我们就不可能回到以前平常的日子了。"

一周之后，克拉拉收拾好了家里的所有东西，打算带着母亲离开这片教区，去大城市里生活。

卡特丽娜穿着克拉拉给她带来的绸缎衣服，整个人都坐立不安。一想到从此往后不用每日劳作了，她感到非常高兴。可是再一想，女儿只愿意带走她，而不愿带走疯了的扬，她又觉得非常难受。她反复祈祷，离开时不要碰见认识的人。

原本，卡特丽娜并不愿意离开他们住了一辈子的家。可是近来，她发现自己的手颤抖得越来越厉害，已经没法儿纺织棉纱了。她已经失去了工作的能力，要是不依靠女儿，她又该如何养活自己呢？

克拉拉站在码头上安排着最后的事情，远远看到教区执事走了过来。克拉拉皱了皱眉头，猜到教区执事是为了扬而来的。克拉拉受不了父亲每天说的那些疯话，她拒绝照顾父亲，只想将母亲带走。

这时，卡特丽娜也说出了自己的想法。她希望克拉拉能够每月寄给他们一些钱，这就能让老两口过上舒服的日子，同时克拉拉也不必为他们操心太多，她继续留在这里照顾扬。然而，克拉拉断然拒绝了这个提议。

“我怎么能让你跟疯了的爸爸生活在一起？这会让我很担心的！不行，你必须跟我一起走！”她斩钉截铁地说道。

卡特丽娜长长地叹了一口气。她知道，女儿本心不坏，也不是自私自利的人。这些年来，克拉拉攒了不少钱，买了一栋大房子，就立刻想要将父母接去同住。卡特丽娜相信，克拉拉也对童年那段美好时光充满了眷恋。更何况，十五年前的扬和克拉拉是一对多好的朋友呀！扬将克拉拉视为他的太阳，而克拉拉将扬视作她的上帝！事情怎么会演变到今天这个地步呢？卡特丽娜怎么也想不通。

克拉拉实在无法忍受父亲嚷嚷着跟她讲普初加里的风土人情，也不想看到他头戴礼帽、手持银手杖的那副模样，更不愿意听到那首难听的皇帝之歌。扬希望能够靠近克拉拉，希望对她讲讲自己这些年来的生活，然而，克拉拉根本不愿意听。

卡特丽娜明白，克拉拉已经忍受到了极限，她无法再跟扬生活在同一个屋檐下了。

“你就不觉得愧疚吗？”教区执事质问克拉拉，“你父亲的晚年生活该如何保障呢？”

“我已经和隔壁的老织网工谈好了。”克拉拉说，“他家有一间空置的屋子，我爸爸可以住在那里。”

教区执事鄙夷地看着克拉拉，他简直无法相信自己听到的这一切。将亲生父亲丢给一个邻居！他从来没有见过这么冷血的女儿！

卡特丽娜非常焦急，她希望克拉拉能够尽快将教区执事打发走。扬或许已经猜到她们要离开了，如果他一路追到了码头上，那可怎么办呢？

“我真不敢相信，你会做出这样的事情来，克拉拉。”教区执事瞪着她，说道，“你一点儿都不为你的父亲考虑吗？我真是太失望了！”

卡特丽娜的双手微微发颤，她心里也是这么想的，可是，她不敢对女儿说出这番话。

“那么，我父亲又有没有为我考虑呢？”克拉拉面不改色，质问着教区执事，“他每天都说些有关普初加里的疯话，每次我走出门时，那些孩子都追着我喊克拉拉女王，你知道多少人在偷偷嘲笑我吗？我真是受不了了！”

“你以为这样就能摆脱你父亲吗？照我说，根本不可能。”说完这句话，教区执事就头也不回地走了。克拉拉不再理会他，转身往船的方向走去，可她刚一回头，就看见母亲正在往相反的方向走。

“妈妈，您要去哪儿呀？”她问。

“我要回去，我非要回去不可！”卡特丽娜叫道，“天哪，我真是昏了头，我怎么能把扬丢下呢？他一个人该怎么生活呢？这件事不能这么办！”

“你别想那么多，妈妈。”克拉拉劝道，“我已经和丽莎商量好了，不会有事的。”

“不，你不明白！扬虽然已经疯了，可他却有了预知未来的能力，他一定猜到我们离开了，什么都瞒不过他！”

卡特丽娜想对克拉拉说说有关扬的事情。这些年来，扬帮助了不少穷人，许多人都对他心怀敬意。可是，克拉拉一点儿兴趣都没有。她一直盯着码头的方向，当轮船拉响汽笛的时候，她兴奋地拉起了母亲。

“快走吧，妈妈！”她叫道，“我真是一刻都等不及了！”

卡特丽娜的情绪终于在这一刻崩溃了。她撕心裂肺地哭了起来，瘫坐在地，无论克拉拉怎么劝说，都不愿意站起来。

“轮船就快要开了，请你们帮帮我吧！”克拉拉对不远处的水手说道，他们齐心协力地将卡特丽娜搀了起来，将她强行带上了甲板。

“扬！扬！”就在这个时候，卡特丽娜忽然喊了起来。

克拉拉一回头，果然，扬朝着码头的方向踉踉跄跄地跑了过来，所有人都自发地让开了路，那个老人紧紧地盯着正在开走的轮船，露出了难以言喻的痛苦神情。

克拉拉再一次离开了他！女儿回来以后，他以为这十五年来的绝望和痛苦就到头了，从此以后他们一家人就能幸福生活了。可是谁能想到，才过了短短几天，克拉拉就要再次离开。她这一去，还会再回来吗？

看到出现在码头上的扬，卡特丽娜下定了决心，她说：“不行，我要留下来陪伴你的父亲，我不能离开他！”

“您爱怎么样就怎么样吧。”克拉拉不耐烦地说。她知道，她对父母的态度实在是太坏了，可是她也没有办法。时间过去了这么久，她对父母早就没有当初的亲近了。

就在克拉拉想着这些的时候，她忽然看到码头上的一个人影一晃，是扬！他猛然往前冲去，纵身跳进了海里！

所有人都惊叫了起来，克拉拉也愣在了原地。这是怎么回事？扬为什么要突然跳海？他不想活了吗？还是说他想游到轮船边，想离他的妻子和女儿更近一些？

没有人会知道扬的想法了，因为他沉入了水里，再也没有浮上来。

水面上漂浮着属于皇帝的礼帽和手杖，可是普初加里的皇帝却永远地离开了……

6

扬已经死去好几天了，克拉拉依然固执地守在码头上，没有挪开一步。周围的人有的在可怜她，有的在议论她，她全都不在乎。她守在这儿是为了等消息，她希望，当父亲的尸体被打捞上来的时候，她能够第一个看见。

然而，一直到几个月后，负责打捞尸体的船夫仍旧一无所获。他们不断加长绳子，可是扬的尸体就像是凭空消失了一样，没有人找得到。

扬死去以后，克拉拉安排人做了一口棺材，她就坐在棺材旁边，直勾勾地盯着水面，等待着船夫们打捞尸体的消息。过去的十五年里，扬就坐在同样的位置，眺望海面，等待着远方的轮船，和周围的闲人讲述克拉拉女王的故事。然而现在，克拉拉的身边却是空空荡荡的，人们远远地看着她，没人愿意走到她身边。

克拉拉甚至不愿意回家了，她在码头附近找了个栖身的屋子，一天又一天地等了下去，她沉浸在巨大的悲伤和惶恐中，无法解脱。

最初，卡特丽娜还经常安慰她。可是后来，卡特丽娜发现，克拉拉之所以要坚持打捞扬的尸体，并不是因为她对父亲怀有忏悔之情，而是因为她害怕。毕竟，克拉拉可以说是害死父亲的间接凶手！

每每想到这一点，克拉拉就觉得浑身发冷。周围的人不是说，父亲是所谓的普初加里的皇帝陛下吗？他也许真的有一些非同寻常的能力！比如说预知未来，比如说惩罚他所憎恨的人。扬的仇人是谁呢？一个是拉什，另一个就是克拉拉了啊！

想到这里，克拉拉简直不知道该怎么办才好。她恨不得也跳进水里死去，弥补自己的错误。如果她跳进水里，如果她付出了生命的代价，父亲总会原谅她了吧！

克拉拉的朋友奥古斯特一直陪伴在她身边。当他们还是孩子的时候，奥古斯特曾经偷偷地喜欢过克拉拉。现在，看到克拉拉的这副模样，奥古斯特心里也不好受。

“别再难过了，克拉拉，你父亲不会希望看到你这样的。”他说，“回到大城市里去吧，你会慢慢忘掉这些伤心事的。”

经过几天的思考，克拉拉决定按照奥古斯特所说的去做。在回程的路上，她遇到了一个熟识扬的马车夫，车夫对她说了不少有关扬的事情。听着听着，克拉拉就出了神。眼看着就要到火车站了，克拉拉却说：“麻烦您，再将我送回去吧！我必须回家，如果我不将我父亲的后事处理好，我会一辈子良心不安的！”

7

这年冬天，就在所有人都忙着准备庆祝圣诞节的时候，卡特丽娜的病却越来越重了。一听到这个消息，克拉拉就匆匆赶了回来。但是，当她经过亨德里克逊庄园门口的时候，一个男人叫住了她。

“喂，克拉拉！”这个男人看起来非常严肃，“你是扬的女儿，对不对？我知道你不认识我，我的名字叫利纳特。”

“是的，很抱歉我不能跟你多说。”克拉拉急匆匆地说，“我母亲病了，我必须回去看望她！”

利纳特皱了皱眉头，但他没有多说什么，而是匆匆地跟上了克拉拉。

“我知道一点儿有关扬的事情，很想告诉你。”利纳特有些犹豫地说，“我之前没有对你说，扬去世那天的早上，我碰到了他。”

“什么？”克拉拉没有想到利纳特会这么说，她吃惊地问道。

“那天早上，我外出办事，发现扬正哭着从家里走出来。我非常担心，连忙过去询问。扬告诉我，他预感到家里会发生什么事情，所以匆匆忙忙赶了回来，没想到他的妻子和女儿全都不在家。扬断定你们都去了码头，反复请我带他过去，可是万万没想到，后面发生了那样的事情……”

克拉拉听着听着，忍不住停住了脚步。见利纳特停住了话头，她连忙催问道：“我父亲当时还对你说了什么？请你告诉我！”

“他当时一门心思地相信，是有人劫持了你，他不断地诅咒那些胆敢劫持女王的强盗，看起来非常愤怒。”

“他……他在说什么啊？我一点儿都听不懂！”

“是啊，我当时也不知道这是什么意思。我想了很长时间，才慢慢明白过来，他是对那些议论你的人生气。他认为，你之所以感到痛苦，都是他们的错。”

“你是说，他从来都没有怪我吗？”

“我敢保证，他从来都没有怪你。他对你的爱意一如当初，满心都害怕你受到伤害！”

克拉拉愣住了，她真是不知道该说什么才好。这么久以来，她都误解了父亲。利纳特拍了拍她的肩膀，叹气道：“直到最后，扬都坚定地认为你是受了别人的胁迫。很多人都认为，你对他太过冷漠无情。但是我看到，这些天来你一直守在码头上，一定也是因为你非常思念扬吧。”

克拉拉不知所措，喃喃地说：“我……我只是害怕。”

“不管怎么样，我相信扬能够体会到你的心意。”利纳特说，他转身离开了，克拉拉愣在原地，一个人出神了很久。

8

克拉拉匆匆赶到家的时候，卡特丽娜一动不动地躺在床上，似乎已经失去了意识。克拉拉不断呼唤她，给她喂水喂药，她才微微睁开了眼睛。

“不要担心，我的孩子。”卡特丽娜喃喃地说，“这些日子以来，我一直在深深地思念你的父亲。刚才，我听到了他呼唤我的声音，他说，我们很快就能团聚了。我终于可以弥补我离开他的错误了，难道你不为我高兴吗？”

“您哪里有什么错呀，妈妈，这全都是我的错！”克拉拉悲伤地说道。

卡特丽娜露出了一个虚弱的笑容，她疲惫地说：“不管怎么说，你要知道，这些年来你爸爸对你的思念是无法言说的，我希望你不要再憎恨他了……”

“我从来没有憎恨过爸爸！”克拉拉忍不住哭了起来，“我一直都深爱着他！”

“是吗，太好了，太好了，我总算可以放心了。”卡特丽娜喃喃地说着笑了起来，“现在，我总算可以放心了。”

“对不起，妈妈，我做了太多的错事，我不配得到你们的爱！”

“不要这么说。”卡特丽娜温柔地说道，“你永远都是我们最爱的女儿，只不过，你被虚荣心蒙蔽过一段时间而已。”

“妈妈，妈妈！我该如何报答你呢？你对我有着这么深的爱！”

“你要相信，你父亲对你的爱比我更深。”卡特丽娜轻声说道，缓缓合上了眼睛。第二天，她就撒手人寰了。克拉拉心痛万分，可她无法改变这一切。

9

卡特丽娜的葬礼办得非常隆重，抬棺的人足足有六个，数不清的人自发参加葬礼，跟着抬棺人走向墓园致哀。路过的行人都非常诧异，还以为是有什么大人物去世了。

克拉拉刚把母亲的棺材送往墓园，就看到不远处又来了一队抬棺的人。她本以为是碰巧同时去世的另一位老人，她定睛一看，才看到最前方领队的人是奥古斯特。在奥古斯特背后，又是黑压压的一大群人，声势比克拉拉这边还要大。

奥古斯特带着身后的人走进了墓园，示意将这口棺材和卡特丽娜的棺材摆放在一起。克拉拉不由得愣住了，她很快就猜到了这是怎么一回事，连忙向着第二口棺材冲了过去。她轻轻抚摸着这口陈旧的棺材，棺材表面磨损严重，可她一点儿都不在意，她大哭着喊说：“爸爸！”

“真对不起，我们已经尽力了，但直到今天才找到了他的尸体。

也许，他们夫妇也愿意合葬在一起吧。”

“是的，他们一定愿意。我想，爸爸就是想要回到妈妈的身边来。”克拉拉哽咽着说，她一边擦拭着眼泪，一边攥住了奥古斯特的手，连连道谢，“太谢谢你了，奥古斯特！”

“不，你应当相信，扬是想要回到你们两人身边来。扬同样深爱着你啊！”

参加葬礼的还有年迈的艾里克太太，她带来了扬最为珍爱的礼帽和银手杖。她希望，这两样东西能够一直陪伴着扬，使他永远成为普初加里的皇帝。看到这一幕，克拉拉的心里又难受了起来。

在这个世界上，只有尊贵的普初加里的皇帝才能拥有如此盛大的葬礼。无数人跟随着棺材一步步前行，低头致意表达哀伤，教区执事唱起了一首沉重的歌：“走吧，走向墓园，走向我们永远沉睡的地方……”

克拉拉深深地低着头，她回忆起了童年时的一切。当她还是个孩子的时候，父亲对她是怎样疼爱啊！可是后来，这一切都变了。克拉拉闭上了眼睛，回想着父亲的音容笑貌。她忍着眼泪，心想，直到生命的最后一刻，父亲都盼望着她平安快乐啊！

就在这个时候，她忽然明白过来，父亲给予她的爱意是最无私的，其他任何东西都不能与之相比。与此同时，她听到了牧师的声音，他说：“扬是一位善良慈和的老人，同时，他也是一位最伟大的父亲。你明白这一点，是吗，克拉拉？”

“是的，我明白！”克拉拉郑重其事地回答道。她身上沐浴着温暖的阳光，仿佛又回到了当年的模样。